KB124833

반쯤은
하이틴
로맨스

반쯤은 하이틴 로맨스

초판 1쇄 펴낸날   2023년 11월 30일
초판 4쇄 펴낸날   2024년 5월 20일

지은이   정서영
펴낸이   홍지연

편집   홍소연 이태화 김선아 김영은 차소영 서경민
디자인   이정화 박태연 박해연 정든해
마케팅   강점원 최은 신종연 김가영 김동휘
경영지원   정상희 여주현

펴낸곳   (주)우리학교
출판등록   제313-2009-26호(2009년 1월 5일)
제조국   대한민국
주소   04029 서울시 마포구 동교로12안길 8
전화   02-6012-6094
팩스   02-6012-6092
홈페이지   www.woorischool.co.kr
이메일   woorischool@naver.com

ⓒ 정서영, 2023
ISBN 979-11-6755-238-9 43810

만든 사람들
편집   서경민
교정   한지연
디자인   정든해

차례

1부   **열네 살 겨울, 시간이 멈췄다**   7

2부   **열일곱 살 여름, 세계가 흔들렸다**   83

에필로그   182
작가의 말   188

1부

열네 살 겨울,
시간이 멈췄다

"나는 그 여름밤에 분명 별을 봤어."

1

"배서인, 너 이제부터 우리랑 같이 다녀."

어이가 없어 "허─!" 하는 소리마저 나올 지경이었다. 이런 제안은 중학생 때도 학기 초에 꽤 받아 보았다. 반장 혹은 부반장인 애들이 겉도는 애들을 위해 한마디씩 으레 하는 말. 나도 눈치는 있어서 뭔지 잘 안다. 그런 말을 하는 애들의 속마음이 훤히 다 보였으니까. 썩 내키지는 않더라도 뭐라도 감투를 썼으니, 선생님의 지시에 따라 너처럼 겉도는 애와 '어울려 준다'는 식의 고까운 태도 말이다.

"아니."

이런 순간은 조금의 틈도 보이지 말고 잘 벗어나야 한다. 나는 준비라도 한 듯 얼른 아니라는 대답을 꺼내 보였다. 그렇지만 이재하 입장에서는 아닌 게 아닌 것 같았다. 내 대답에 잠시 멈칫했던 이재하가 다시금 입을 열었다.

"같이 다녀. 앞으로 같이 다니자. 선생님 말씀도 있고."

"됐어."

"선생님 말씀이라고. 앞으로 급식 먹을 때나 체육관 갈 때나 음악실, 미술실 같은 데 갈 때 우리랑 같이 다녀."

"내가 왜?"

그저 이 상황을 피하고 싶어서 물은 것뿐인데, 이재하 얼굴에는 아까부터 계속 답답함이 비치고 있었다. 그때 지나가던 어떤 여자애가 옆에 멈추더니 이재하의 관심을 끌고 싶은 듯 일부러 한껏 높인 목소리로 물었다.

"재하야, 무슨 일인데? 쟤 뭐 때문에 그러는데?"

"알 필요 없어. 묻지 마."

돌연 까칠한 모습을 보이는 이재하에게서 여자애는 머쓱한 표정으로 멀어졌다. 나도 조금 당황스러웠지만 그런 티를 내지는 않았다. 교실로 돌아가려고 뒤돌아 걸음을 옮기려 했는데, 이재하가 내 팔을 잡더니 복도 끝으로 잡아끌었다.

나는 팔이 잡힌 채 얼떨결에 이재하에게 이끌려 이내 계단을 내려가기 시작했다. 이재하가 내 팔을 아무렇지 않게 잡는 걸 보며, 사랑 많이 받는 애들은 이런 데서 티가 나는구나 싶었다. 최봄도 그렇고.

누군가와 어깨동무하거나 등을 털어 주거나 하는 가벼운 접촉에 주저함이 없는 것이 이런 애들의 특징이었다. 다른 애들이 자신의 손길을 거부하지 않고 언제나 자연스럽게 받아들인다는 게 흔치 않은 일이라는 걸 알고나 있을까?

이재하에게 끌려가면서 곤혹스러운 마음을 감출 수 없었다. 그도 그럴 것이 이재하가 내 팔목을 잡고 있는 걸 본 여자애들의 시선이 곱지 않았다. 나는 다만 그 매서운 눈길들을 재빨리 피하는 수밖에 없었다.

계단을 내려가면서 머리를 굴려 상황을 파악해 내린 결론은, 정신을 똑바로 차려야 한다는 것이었다. 이재하처럼 인기 많은 애와 조금이라도 엮이면 가뜩이나 힘든 내 삶이 더욱 힘들어지겠구나 싶은 직감마저 들었다.

어떻게든 이재하를 뿌리치고 나만의 평화를 되찾아야 한다. 이재하는 사람 없는 곳이라고 판단했는지 학교 밖 큰 나무 아래에 도착하자 잡았던 팔을 놓고 말했다.

"같이 안 다니려는 이유가 뭔데?"

"내가 왜 같이 다녀?"

"다시 한번 말하지만, 선생님이 특별히 부탁하신 일이야. 같이 안 다니면 선생님이 우리한테 실망하실 거란 예상이 안 가? 야, 어디 가?"

"괜찮아."

대답만 툭 던진 채 무시하고 교실로 가는데, 뒤따라온 이재하에게 또다시 팔을 잡혔다. 별 뜻 없는 스킨십인 걸 알지만 점점 기분이 나빠지고 있었다. 이재하가 침착함을 유지하려는 듯 목소리를 누르며 천천히 말했다.

"도대체 뭐가 괜찮은데?"

"내 문제라고 생각하실 거야."

"네 문제라고 생각하시는 딱 그만큼 내 문제라고 생각하실 거야."

"누구 문제든."

단호하게 행동할 필요가 있었기에 아까부터 신경 쓰였던 팔을 일부러 힘주어 쳐 냈다. 그러고는 다시 뒤돌아 걸음을 옮겼다. 이재하가 "야." 하고 나를 불렀다. 나는 뒤를 돌아 그런 이재하를 노려보며 말했다.

"담임한테 내가 가서 말할게. 됐지?"

"말하지 마. 사실…… 담임 선생님이 시키신 거 아냐."

"아, 그래? 그럼 최봄이 시키디? 너랑 나랑 같이 다니라고?"

화가 묻어 있는 나의 말투에도 이재하는 담담히 대답했다.

"저번에는 내가 봄이에게 부탁한 거야. 수학여행 때 너랑 같이 다녀 달라고."

그게 진짜라면 진심으로 기분 나쁜 오지랖이었다. 나는 다시 교실로 발걸음을 옮겼고 이번에는 절대로 멈출 생각이 없었다. 이재하에게서 그 이름을 듣기 전까지는.

"배서인, 혜리 알지?"

혜리, 내 친구 혜리. 내가 반 애들에게 거리를 두는 이유도, 혼자 마음 아파하고 있는 이유도 모두 혜리다. 내 세상은 혜리를 중심으로 돌아가고 있었다. 그런데 방금 이재하가 혜리 이름을 말한 것이다.

우리 학교에 혜리를 아는 사람이 있다니. 아무도 없던 지구에서 자기 자신 말고 다른 존재를 처음으로 발견한 인간의 기분이 이럴까? 울컥할 만큼 반가운 마음에 물었다.

"혜리를…… 알아?"

그 순간 이재하 얼굴에 슬픈 빛이 스쳤다. 잠깐 본 슬픔만으로도 이재하 또한 혜리가 떠나서 많이 상처받았다는 걸 알 수 있었다. 혜리와 절친했던 초등학교 동창쯤 되려나? 감정이 빛의 파장처럼 색을 띤다면 우리는 그때 같은 그리움의 색으로 번져 있었을 것이다.

"혜리가 지난달에 네 얘기 많이 하더라."

이재하가 가라앉은 목소리로 말했다. 나는 아무 대답도 할 수 없었다. 혜리는 3년 전에 죽은 내 친구였으니까. 너무나 현실감 없는 말에 떨리는 입술을 숨기지 못하고 있는 나에게 이재하가 물었다.

"만약 이렇다면 어떨 것 같아? 내가 죽은 애와 꿈에서 만난다면?"

나는 천천히 고개를 들어 이재하를 바라봤다. 이재하가 한 말은 도무지 믿을 수 없는 말이었는데도, 나는 그만 믿을 수밖에 없었다. 그 순간 이를 꽉 깨물며 울음을 참고 있던 건 내가 아닌 이재하였으니까.

2

인기 많은 애가 내게 갑자기 다가온 건 얼마 전에도 있었던 일이다. 그때를 생각하면 자동으로 수학여행을 앞둔 들뜬 분위기의 교실이 같이 떠오른다. 다른 애들이 수학여행을 앞두고 설렘에 신이 날수록 나는 기분이 한없이 가라앉던 그때. 학교 가기도 싫어서 아침마다 방 책상 위에 놓인 혜리 사진만 들여다보면서 한숨 쉬던 일주일 전 말이다.

그날도 혜리 사진만 만지작거리다 한숨 한 번 크게 쉬고 집을 나섰다. 문을 열고 나가니 상쾌하다는 말이 어울릴 아침 공기가 느껴졌다. 그렇지만 이제부터 나의 구질구질한 일상이 시작된다는 신호이기도 했다.

정문 쪽으로 올라가는 길에 랩 노트로 쓸 공책을 몇 권 사려고 학교 앞 문구점에 들렀다. 무제 공책을 몇 권 집어 계산을 기다리는데, 서 있는 줄 바로 앞에 우리 학교 애들 몇 명이 있었다. 그 애들 중 하나가 호들갑을 떨며 옆에 있던 다른 애에게 말을 건넸다.

"야, 너 수학여행 때 입을 옷 정했어?"

"교복 입고 오라잖아."

옆의 애가 말을 받자 이야기를 꺼냈던 애는 웃긴다는 듯이 물었다.

"미쳤냐? 진짜 교복 입고 수학여행 가는 애가 어디 있어? 진짜 거지 아닌 이상에야. 그런 애들이 괜히 입을 옷 없으니까 교복 입고 오고서는 담임 때문에 입었다면서 버스에서 다 들으라는 듯이 학교나 욕하고……."

"그 거지가 나야. 나 중학생 때도 수학여행 때 교복 입었어."

"어…… 교복은 학생의 기본이지. 올바른 태도라고 생각해."

들으려고 일부러 귀 기울이지는 않지만, 가끔 친구들 간의 소소한 수다를 우연히 훔쳐 들으면 나도 끼어들고 싶은 생각이 들 때가 있다. 마치 혜리와 도란도란 일상을 이야기하고, 농담하고, 서로를 마주 보고 웃던 날들처럼.

하지만 흔들리지 말고 마음을 강하게 먹어야 했다. 내가 그런 일상들이 그리워 누군가와 친구가 되어 버리면, 혜리는 지나간 추억으로밖에 남지 못하니까. 지나간다는 건 잊히고 지워져서 형체가 사라지는 일이다.

혜리가 날 보며 짓던 미소는 내 기억 속에 여전히 선명하게 남아 있다. 그렇지만 혜리는 세상을 떠났고 내가 혜리를 기억해 주지 않으면 우리 추억은 없던 일이나 마찬가지가 된다. 혜리가 나에게 주었던 마음들을 생각하면 다른 친구를 사귄다는 건 있을 수 없는 일이다.

내 앞의 애들은 한참 재잘재잘 수학여행 이야기를 나누었다. 그도 그럴 것이 수학여행까지는 며칠 남지 않았다. 그 생각을 하자 곧 속상함이 밀려왔다. 이걸 속상함이라고 표현해도 될까? 두려움이라고 불러야 맞지 않을까? 모두가 행복한 시간에 나만 혼자 이리저리 눈치 보며 가시방석에 앉는 시간. 그 시간이 2박 3일 동안 이어진다니 숨통이 조여 드는 기분이다.

수학여행 때 확정된 포지션은 학년이 끝날 때까지 좀처럼 바뀌지 않는다. 인기 많은 애들에게는 수학여행이 포지션을 견고히 할 절호의 기회겠지만 나는 안타깝게도 정반대였다. 수학여행이 끝나고 나면 나는 더 겉돌 것이다.

아무도 내 곁에 다가오지 않아도 상관없고, 혼자여도 좋았다. 하지만 오래 혼자 지내다 보면 어느 순간 내 주변 공기에 마치 슬픔이 섞여 있는 것 같을 때가 있다. 그 슬픔이 피부로 스미는 순간 서러움이 밀려오고, 그러면 나는 우울이라는 물속에 갇힌 느낌이 든다.

　바깥은 완연한 봄이고 나는 벌써 열일곱인데, 이 계절과 나이 그리고 학교까지 어느 것 하나 떳떳하지 않다.

3

혜리를 보내고 난 뒤에 너무 힘들어서 누군가에게 따뜻하게 위로받고 싶은 마음이 간절했던 적도 있었다. 아빠를 생각해서라도 내가 이러고 있으면 안 된다며, 주먹을 불끈 쥐고 새 친구를 사귀기 위해 노력했던 중학교 2학년 때가 생각난다. 밝은 척, 다 잊은 척 내가 아닌 나를 연기해서 마침내 어딘가에 간신히 속하는 데 성공했다. 그러나 머지않아 내가 속했던 무리의 애들이 어느 날 나를 불러 놓고 물었다.

"너 근데 우리 앞에서 이혜리 얘기 왜 안 해? 우리를 진짜 친구로 생각하면 숨기고 있으면 안 됐던 거 아냐?"

나는 혜리 이야기를 꺼낼 수 없었을 뿐이지 숨긴 적은 없었다. 게다가 걔네를 진짜 친구라고 생각한 적도 없었기에 아무 말도 하지 못했다. 끝까지 아무 대답 없는 나로 인해 순간 주변에 정적이 감돌았다. 그날 이후 그 애들은 순식간에 나를 떠났다.

중학교 3학년이 될 즈음에는 결국 혜리를 버리려고 한 적도 있었다. 학교에서 혼자 지내며 무시당하고 눈치 보는 생활에 지쳤을 무렵이었다. 그래서 이번에는 내 아픔을 팔고 다녔다. 혜리 이야기를 듣고 날 안타깝게 여긴 몇 명이 다가와 줬고, 나는 작은 카페에서 펑펑 울며 그 애들에게 내 마음을 다 내밀어 보였다. 그 착한 친구들은 내 어깨를 두드리며 입을 모아 말했다.

"야, 잊고 보내 줘."

잊고 보내 주라니. 해결책이 너무 쉬워서 마음이 시릴 정도였다. 그 말대로 잊고 보내 주면 혜리는 정말 사라지고 말 것이다. 그러나 나는 그러겠다며 더욱 전전긍긍하고 아슬아슬하게 친구 관계를 이어 갔다. 그런데 이상한 일이었다. 이번에는 그 애들이 아니라 내가 걔네를 떠날 수밖에 없었다. 내가 자꾸 혜리와 애들을 비교하는 게 문제였다. 혜리는 안 이랬는데, 혜리라면 더 다정하게 말해 줬을 텐데, 혜리라면 나를 더 챙겨줬을 텐데, 혜리라면……. 같이 있으면서 혼자 상처받는 상황이 계속되자 나는 자연스럽게 그 애들과도 멀어지게 됐다.

물론 그 애들도 혜리를 잊지 못하는 나에게 스트레스를 받앉을 수 있다. 중요한 건 내가 혜리를 잊지 못한다는 사실이었다. 그런 내가 찾은 최선의 해결책은 지금처럼 혼자 지내는 것이었다.

수학여행 이야기를 하던 애들이 계산을 마친 뒤 자리를 떠나고 나도 공책을 계산대 위에 올려놓았다. 랩 노트를 계산하고 학교로 걸음을 재촉했다. 교실에 도착해 뒷문을 드르륵 열었다. 조회 시작 전까지 책상에 엎드려 있는 게 내 아침 일과다. 선생님이 오셔도 깨워 주는 애는 없다. 무선 이어폰을 귀에 꽂고 있어도 노래는 틀어 놓지 않는다.

모두가 나를 없는 사람으로 취급하는데, 웃기게도 어느 순간 나도 나를 잊을 때가 있다. 학교에서 시간을 보내는 하나의 인간이라는 생각이 안 들고 그저 벽시계, 책걸상처럼 공간에 존재만 하는 느낌. 내가 유령이라도 되는 것처럼 스쳐 지나가는 반 애들에게 때론 어떤 감정이 울컥거리며 올라올 때도 있지만, 이런 나를 나도 모르겠다. 다 혜리를 지키기 위해 내가 자처한 일 아니던가?

4

"안 쓴 애들은 짝꿍 빨리 정해서 종이에 써. 재하가 제출해 야 한대!"

박종빈의 목소리가 교실을 가른다. 여기저기서 알겠다는 경쾌한 대답이 나온다. 지금처럼 교실에 대고 왁왁 외쳐도 대답이 늘 돌아오는 애들은 역시 이재하 무리뿐이다. 게시판에 붙여 놓은 종이 앞에서 애들이 와글거리고 있다. 아까 지나가다가 흘끗 본 종이에는 반나절도 안 되어서 이름이 빼곡히 채워져 있었다. 수학여행 때 짝꿍 하고 싶은 애들끼리 짝지어서 빈칸에 이름을 써 놓는 종이였다. 선생님은 혼자 앉으실 테고 반 인원은 짝수니까 어차피 나도 남는 사람과 어떻게든 짝이 될 것이었다. 숙소 멤버 또한 어떻게든 되겠지 하는 마음으로 눈치 보며 잠자코 있었다.

그때 남자애들 한 무리가 게시판 앞에서 낄낄거리며 소란을 피우기 시작했다. 하지 말라는 공현우의 징징거리는 말소리도 들렸다. 공현우는 평소 분위기 파악을 못 하고 겉돌거나, 반 아이들에게 은근히 무시당하는 애였다. 그래서인지 나도 모르게 공현우한테 동질감을 느끼고 있었다. 남자애들은 장난이라는 이름으로 그 애한테 정도를 넘은 놀림이나 은근한 괴롭힘을 가했고 그 모습에 덩달아 마음이 무거워진 적도 있었으니까. 아무리 벽시계와 같이 교실에 존재만 하고 있는 나라고 해도, 나 역시 사람인지라 마음이 쓰이는 건 어쩔 수 없었다. 공현우는 나한테 대놓고 시비를 걸지 않는 애 중 하나이기도 했다. 또 뭐 때문에 괴롭힘을 당하나 괜히 마음이 쓰였는데, 공현우가 별안간 외쳤다.

"아, 나 배서인 싫다고!"

공현우 입에서 내 이름이 나오자 놀란 눈으로 쳐다본 건 나뿐만이 아니었다. 방금 외침에 시선이 모인 걸 눈치챘는지 공현우 옆의 까불거리기로 유명한 남자애가 배를 잡고 웃으며 말했다.

"야, 이 새끼 왜 이러는 줄 알아? 이 새끼가 배또랑 짝꿍 하기 싫대!"

23

그러자 순식간에 교실은 웃음바다가 되었다. 배또란 내 별명인 '배서인 또라이'의 줄임말이었다. 공현우가 우는지 갑자기 팔로 눈을 가리며 다시 한번 외쳤다.

"나 재랑은 가까이 있는 것도 싫다고!"

"야, 그러면 지금 같이 앉는 나는 오죽하겠냐?"

내 옆에 앉아 있던 짝꿍이 반 애들 다 들으라는 듯 크게 받아쳤다. 다른 누군가는 칠판에 '공현우♡배또'라고 크게 적고 있었다. 공현우가 하지 말라고 악을 쓰면서 손바닥으로 필사적으로 칠판을 닦기 시작했다. 그 모습을 보고 모두가 웃는 가운데 나는 눈을 질끈 감았다. 숨을 고르려고 애썼지만 호흡이 제멋대로였다. 그때 공현우의 신난 목소리가 들려왔다.

"오예! 나 배또랑 안 앉는다! 봄이가 새랑 앉아 준대."

여기저기서 진짜냐고 놀라며 묻는 물음과 봄이는 역시 착하다는 탄성이 터졌다. 아직 상황 파악이 제대로 되지 않아 두리번거리자 최봄이 웃는 얼굴로 다가와 말했다.

"서인아, 나랑 앉자. 괜찮지?"

"당연하지. 안 괜찮을 리가 있냐?"

옆에 앉은 짝꿍이 얼른 대신 대답하고는 같은 대답을 종용하듯 나를 봤다. 나는 숨을 크게 내쉬며 앞에 있는 최봄인가 뭔가를 무시하고 책상에 엎드려 버렸다. 예상했던 대로 여기저기서 수런거리는 소리가 일었다.

"아무튼 우리 수학여행 짝 하는 거야, 알겠지?"

최봄인가 뭔가의 상냥한 목소리가 뒤이어 들렸다. 내가 계속 고개를 들지 않자 잠시간 정적이 흘렀다. 그러고는 곧 최봄의 멀어지는 발걸음 소리가 들려왔다.

수학여행 짝꿍 따위는 누구라도, 아무라도 상관없었다. 최봄의 갑작스러운 호의와 부드럽게 "서인아."라고 부르는 말씨가 근거 없이 낯설었다.

수학여행 전날까지 최봄은 자꾸 와서 이런저런 이야기를 건넸다. 가벼운 일상 대화나 수학여행 준비물에 대해서. 과자는 뭐 좋아하냐는 둥 젤리를 좋아하면 많이 사 오겠다는 둥 하는 소소한 이야기도 포함이었다. 그럴 때마다 나는 대답 없이 무시하고 옆을 지나쳐 갔다. 교실 문을 드르륵 열고 복도를 걷는데 나도 모르게 작은 한숨이 나왔다.

5

　수학여행 간다는 말에 아빠는 오랜만에 쇼핑을 하러 가자고
했다. 나는 그냥 있는 옷을 입겠다며 아빠의 제안을 거절했다.
아빠의 까슬한 얼굴에 서운함이 떠올랐다가 사라졌지만 모르
는 척했다.

　몇 년 새 부쩍 거리가 생긴 아빠였다. 혜리 일도, 학교생활
도 모두 속으로만 삼키고 삭였기에 아빠는 내가 사춘기 때문
에 변한 줄로만 안다. 아무리 힘들어도 차마 혜리 이야기를 할
수는 없다. 왜냐면 예전부터 아빠에게 걱정을 끼치지 않으려
고 안간힘을 썼으니까. 그런 내가 뭔가를 솔직히 털어놓는다
는 건 있을 수 없는 일이다.

방에 들어와 침대에 누워 베개를 안고 가끔 생각해 본다.

'아빠에게 나는 짐일까, 아니면 혹시 걸림돌일까?'

아빠는 멋진 차를 타고 다니고 난 아빠와 좋은 집에 산다.

아빠를 모두가 대표님이라고 부르고 아빠랑 다니면 어깨가 펴지고는 한다.

아빠 덕에 언제나 갖고 싶은 것, 가고 싶은 곳, 하고 싶은 일 모두 경험해 볼 수 있다.

예체능에 유달리 관심 많은 나를 위해 아빠는 바이올린, 발레, 미술, 성악 등 셀 수 없이 다양한 분야를 배울 수 있게 해 주었다. 어릴 적부터 나는 줄곧 그런 것들에 매료되었고, 뭔가를 배우고 싶다고 할 때마다 아빠는 내 어깨를 짚으며 항상 이렇게 말씀하셨다.

"아빠는 서인이를 위해 뭐든 해 줄 수 있어. 최대한의 환경을 만들어 줄 테니까 서인이는 노력만 해. 아빠는 서인이 믿어."

그래서 나는 온갖 콩쿠르, 연주회, 합창회를 앞두고는 속으로 다짐했다. 꼭 상을 타서 아빠에게 자랑스러운 딸이 되고야 말겠다고. 멋진 아빠에게는 멋진 딸이 있어야 맞는 거니까.

하지만 나는 어느 것에도 좀처럼 두각을 나타내지 못했다. 아빠와 둘이 상담실에 앉아 학원 선생님들을 마주할 때마다 선생님들은 항상 이런 말로 상담을 시작했다.

"어머, 서인이는 좋겠다. 이렇게 멋진 아빠가 계셔서."

반대로, 아빠에게는 아무도 "어머, 좋으시겠어요. 이렇게 똑 부러지는 딸이 있어서요."라고 한 적이 없다. 그 사실이 지금에 와서는 나를 할 말 없게 만든다. 그러나 당시의 나는 무엇도 알아차리지 못한 채, 그저 상담실 안 아빠 옆에 앉아 기분이 좋아서 다리를 흔들고 있었다. 아빠는 상담이 진행될수록 표정이 복잡해졌는데 선생님들은 항상 이런 말로 상담을 마무리했다.

"서인이가 열심히는 하는데, 다른 친구들과 비교하면 사실 좀 끼가 없어요."

'끼'라는 말은 곧 감이고, 가능성이고, 재능이었다. 그건 지금도 여전히 내 마음을 무겁게 하는 또 하나의 사실이다. 숨은 의미가 있는 상담을 마치고 나면 아빠는 기분이 상해서 내 손을 끌고 나가는 대신, 내 어깨를 두드려 주고는 준비한 봉투를 선생님에게 정중히 내밀었다. 그건 나를 더 신경 써 주고 잘 지도해 달라는 일종의 부탁이었다. 중요한 대회를 앞두고는 일대일 개인 교습까지 시켜 줬던 아빠에게, 나는 아직도 그날의 이야기를 하지 못한다.

아빠가 중요한 사업 미팅으로 나의 바이올린 연주회에 참석하지 못했던 초등학교 4학년 때의 일이다. 아빠의 부탁으로 학원 선생님이 대신 동행했던 어느 연주회였다.

나는 장려상도 받지 못했고, 옆에는 최우수상을 받은 애의 엄마가 있었다. 같은 학원에 다니던 그 아이의 엄마는 선생님이 잠시 자리를 비운 사이 나를 힐끗거리며 들으라는 듯 혼잣말을 했다.

"돈을 아무리 처바르면 뭘 해."

그 말은 명백하게 나를 겨냥하고 있었다. 순간 나는 큰 죄를 지은 사람처럼 가슴이 쿵쾅거렸다. 아마도 학원 선생님들이 나누던 이야기를 그 애가 듣고 자기 엄마한테 전한 모양이었다. 봉투니 일대일 교습이니 하는 그때의 이야기들은 나를 정의의 반대편에 선 불의로 만들었다. 그렇게 내 의지와는 별개로 나는 가소롭고 그래서 패배해야만 하는 악당이 되어 있었다. 그런 사람들 앞에서 나는 끝내 이 말을 뱉지 못했다.

"나는 음악이 좋아요. 그저 배워 보고 싶었어요."

온갖 대회 결과가 나올 때마다 아빠는 실망한 기색을 숨기려 애쓰며 평소보다 밝은 목소리로 나를 다독여 줬다. 세상 모든 걸 안겨 주는 잘난 아빠와 자랑거리 하나 쥐여 주지 못하는 못난 딸. 그게 우리 가족이었다.

가끔 이런 말이 목 끝까지 차오를 때가 있다.

'나, 랩을 진지하게 배워 보고 싶어.'

혀끝에서만 굴리다 삼켜 버리곤 하는 이 말을 아직 아빠에게 한 번도 꺼내 본 적 없다. 만약 랩을 배워 보고 싶다고 하면 아빠는 어떤 반응일까? 좋다는 학원을 알아보고 어디서든 비싼 선생님을 찾아 데려오시겠지. 모든 게 지겹고 지친다. 아빠가 주는 사랑이 아니라 내가 되돌려주는 실망이 막막할 만큼 답답하다. 점점 도전이 두려워지고 자신이 없어진다. 그렇기에 아무것도 시도하지 않으면 실망을 줄 일도 없다는 사실을 되뇐다.

그러면서도 계속 유튜브로 래퍼들의 공연을 보며 나도 무대에 서는 모습을 그려 보기도 한다. 그러고는 곧 말도 안 된다며 스스로를 비웃는다. 아빠 하나도 행복하게 해 주지 못하는 내가 어떻게 수많은 사람에게 행복을 주고 즐거움을 주려고 하는지 우습다. 나는 상상 속에서마저 한심해지고 있다. 그래서 나는 꿈을 꾸지 않고 혼자 숨어서 랩을 한다.

'그저 착하고 말썽 부리지 않는 딸. 난 이 최소한의 역할이라도 해내야 해. 혜리 이야기는 할 수 없어. 그러니까 학교 이야기도 할 수 없어. 힘든 티 내지 말자. 내가 할 수 있는 유일한 효도는 걱정 끼치지 않는 거니까.'

어떻게든 나와 대화해 보려는 아빠를 알면서도 나는 끝내 입을 닫고 만다. 덩그러니 아빠만 거실에 남겨 둔 채 내 방으로 가서 문을 닫는다. 그렇게 방으로 들어와 핸드폰을 들지만 자꾸만 아빠의 서운해하던 얼굴이 눈에 밟힌다. 고민하다가 방문 손잡이를 돌리고 거실로 나가려는데 문틈으로 아빠의 통화 소리가 들린다. 여자 친구랑 통화하는지 아빠의 목소리에 행복이 잔뜩 묻어 있다. 아빠는 나를 생각해서인지 언제나 혼자 있을 때만 여자 친구와 통화를 한다. 심지어는 내 앞에서 여자 친구 이야기를 하는 것도 조심스러워한다.

'아마 내가 없었으면 진작 재혼하셨겠지. 그리고 지금보다 행복하셨겠지.'

거기까지 생각이 미치자 이상하게 입 안이 썼다.

6

수학여행 당일, 운동장에서 버스가 오기를 기다렸다. 아이들의 왁자지껄한 수다 소리가 운동장을 채우고 있었다. 주변을 둘러보니 삼삼오오 모여 떠들기도 하고, 장난을 치는 모습이 보였다. 그 애들 틈에서 나는 덩그러니 떨어져 운동화 앞코로 운동장 모래만 파고 있었다. 티 내지 않으려고 애썼지만 그래도 평소와는 다른 기분이었다. 어색함과 두려움과 설렘이 뒤범벅되어 내 마음을 싱숭생숭하게 만들었다.

그렇게 혼자 우두커니 서서 눈치만 보고 있는데 한껏 꾸민 최봄이 어느 순간 와서 내 옆에 섰다. 교복만 단정하게 입던 최봄인데 의외였다. 그때 남자애들이 서로 장난치면서 내 쪽으로 뒷걸음질 치며 다가왔다. 그러자 최봄이 내 팔을 잡고 자기 쪽으로 살짝 당겼다. 갑작스럽고 부담스러웠다. 나는 아무 대답 없이 인상을 쓰며 거칠게 팔을 빼냈다. 그러자 최봄은 당황한 듯 살짝 웃으며 날씨가 정말 화창하지 않냐는 의미 없는 말을 건넸다. 역시 내가 아무 대답이 없으니 꽤 어색해하며 그저 자기의 긴 생머리를 거듭 매만졌다.

최봄으로 말할 것 같으면, 한마디로 이재하 여자 버전이었다. 차이점이 있다면 이재하와 달리 나서는 걸 별로 좋아하지 않고 사근사근한 성격이라는 것 정도. 워낙 공부도 잘하고 외모도 눈에 띄는 탓에 어딜 가나 환영받고 주목받는 애였다.

최봄과 이재하가 워낙 친해서 반 애들 사이에서는 둘이 사귀는 거 아니냐는 말까지 돌 정도였는데 둘은 지금껏 극구 부인하고 있었다. 들리는 소문으로는 최봄 엄마가 극성이어서 고등학교 졸업 전까지 연애는 절대 금지라고 했다. 그런데도 애들은 마치 자신의 로망을 투사하듯 최봄이 언젠가는 이재하와 사귀었으면 좋겠다고 선망했다.

이재하와 친하게 지내도 시기와 질투를 불러일으키지 않을 만큼 완벽한 공주님 같은 애가 최봄이었다. 그런 최봄이 내 수학여행 짝이고 숙소도 같이 쓸 예정이며 무엇보다 지금 옆에서 있었다. 그러니 이 모든 상황이 부담스러우면서도 당황스러운 건 당연했다.

문득 올려다본 하늘은 파랬고 최봄 말대로 날씨가 좋았다. 날씨가 좋다고 느껴 본 게 얼마 만인지 모르겠다. 조금씩 알 수 없는 기대감이 내 마음을 물들이고 있었다.

"우리, 문 열렸으니까 타자."

최봄의 말에 버스로 시선을 옮겨 보니 반 애들이 줄지어 한 명씩 타고 있었다. 대답 대신 버스 쪽으로 발걸음을 옮기자 내가 아무 말도 없는 게 당황스러웠는지 최봄의 멋쩍은 웃음소리가 또다시 뒤에서 들려왔다. 무시하고 버스에 올라 적당히 창가 자리를 골라 앉자 그제서야 최봄이 버스에 올라 옆자리에 따라 앉았다. 버스 안은 와자지껄했고 반 애들의 설렘으로 가득 차 있었다. 담임 선생님이 기사님 옆에 서서 마이크를 잡고 말했다.

"꼭 이런 날 늦는 애들이 있어. 공현우 이놈은 오늘 같은 날도 지각이야?"

선생님의 말투에 짜증이 배어 있었다. 만약 이재하가 지각했으면 선생님은 걱정부터 했을 것이었다. 공현우 같은 애들은 언제나 꼭 성을 붙여서 "공현우."라고 퉁명스럽게 불렀지만, 이재하는 언제나 "우리 재하."였으니까. 공현우 때문인지 선생님이 버스에서 내렸고 다른 모두는 버스 안에 착석해 대기했다. 고정되어 열리지도 않는 창밖만 보고 있는데 최봄이 나를 불렀다.

"서인아."

다른 애들처럼 "야."라고 부르는 것도 아니고 "배또."도 아니었다. 마치 혜리가 날 부르듯이 "서인아."였다. 평소였으면 무시했을 상황이지만 기억 속 혜리가 스쳤고 나도 모르게 울먹울먹한 눈으로 최봄을 돌아봤다. 최봄은 무선 이어폰 한쪽을 내밀며 미소 지었다. 나는 당황스러운 마음을 숨기려고 일부러 인상을 찌푸리며 귀찮다는 듯 손을 휘저었다. 다시 창밖에 시선을 고정한 채 최봄이 내게서 관심 끊기를 기다렸으나, 잠시 후 최봄은 가방에서 젤리를 바스락거리며 내밀었다. 나는 최봄을 보며 다시 한번 저리 가라는 듯 손을 휘저었다. 커튼을 조금 젖히고 창문에 머리를 기댔다. 내가 창밖으로 시선을 고정하니, 이번에는 최봄이 내 얼굴 가까이 있는 커튼을 옆으로 착착 걷으며 말했다.

"서인아, 편하게 봐도 돼. 나 햇빛 좋아해."

사근사근한 말투에 또 혜리가 스치고 말았다. 오랜만에 느껴 보는 다정함에 할 말을 잃고 가만히 최봄을 보았다. 그러자 최봄도 나를 가만히 보았는데, 그 상태로 잠시 몇 초간 정적이 흘렀다. 황망한 정적을 깬 건 바로 앞자리에 앉아 있던 여자애 둘이었다. 둘은 우리 쪽으로 얼굴을 내밀며 말했다.

"봄이 우리 뒷좌석이다!"

"뭐야? 우리 딸, 왜 날 두고 다른 애 챙겨? 아, 봄이면 인정."

앞자리의 두 애들이 끼어든 상황이 달갑지는 않았다. 저 둘은 예전부터 나를 대놓고 무시하거나 어깨를 치고 가는 것은 물론이고, 사람을 가려 가며 대하기 때문이었다. 쟤네는 서로를 딸, 엄마라고 불렀는데 쟤들뿐 아니라 우리 학교 여자애들은 서로를 우리 딸, 자기, 여보 등으로 부르고는 했다. 그럴 때마다 물론 티를 내지는 못했지만 우스웠다. 그래 봤자 혜리와 나만큼 친해 본 적도 없을 애들이 말이다. 최봄이 산뜻한 목소리로 대답했다.

"나 챙겨 주는 거야? 괜찮은데, 서인이도 있고."

앞자리 애들은 동시에 풋, 웃음을 터뜨렸다. 그러고는 상황 수습을 하려는지 봄이 말에 왜 웃냐고 서로를 타박했다. 방금의 웃음이 날 향한 비웃음인지 최봄을 향한 비웃음인지 잠시 생각해 봤다. 모두가 '배또'라고 부르는 나를 '서인'이라고 부르는 최봄에 대한 비웃음일까? 그렇더라도 앞에서 대놓고 최봄을 비웃을 수는 없을 것이다. 쟤네들처럼 주기적으로 센 척을 하면서 자신의 위용을 과시하지 않아도 되는 애가 최봄이니까.

담임 선생님이 다시 버스에 올라 통로를 걸으며 몇몇 애들의 이름을 불렀다. 그러고는 앉아서 안전벨트를 매라고 그 애들을 콕 찍어서 말했다. 앞자리 애들은 최봄에게 언제든지 심심하면 꼭 자기들을 부르라는 말을 남기고 몸을 앞으로 돌렸다. 나는 몰래 긴 안도의 한숨을 쉬었는데, 그때 우리 옆을 지나던 선생님이 놀란 눈으로 물었다.

"아니, 애랑 봄이랑 짝이야? 이야, 봄이 대단한데?"

도대체 무엇이 대단하다는 건지, 담임 선생님은 자신의 직업이 선생님이라는 사실을 잊고 사는 건지 어이가 없었다. 그러나 이런 순간도 언제나처럼 익숙하게 넘겨야 한다. 이윽고 버스가 출발하자 최봄이 걷어 준 커튼 사이로 풍경이 빠르게 지나갔다. 이 버스가 수학여행을 끝내고 돌아오는 버스였으면 했지만 소용없는 바람이었다. 그때 최봄이 "서인아." 하고 또 말을 걸었다. 가만히 있으니 자꾸 말을 거는 것 같아 숨을 한번 크게 쉬고 쏘아붙였다.

"저기야, 자꾸 말 거는 거 되게 싫거든?"

그러자 최봄이 당황한 표정을 지었다. 주변에서 "쟤 왜 저래?", "쟤 원래 저러잖아.", "봄이 불쌍해." 같은 말들이 웅성웅성 들려왔다. 여기저기서 내미는 고개와 힐끔거리는 눈동자가 보였다. 나는 그제야 후련한 마음으로 다시 창밖으로 시선을 고정했다.

최봄은 더 이상 버스에서 말을 걸지는 않았지만 버스에서 내린 후에도 수학여행 내내 옆에서 조심스럽게 나를 챙겼다. 글자 그대로 '챙겼다.'라는 말로밖에 설명이 안 되는 상황이었다. 자꾸만 "서인아." 하고 부르며 별것 아닌 것도 저것 보라며 신기해했다. 그러나 나는 그런 챙김이 싫었다. 조만간 또 한 번 말 걸지 말라고 화를 내야겠다 싶어서 속을 끓이며 타이밍만 재고 있던 그때, 반 여자애들이 최봄에게 우르르 몰려오며 말을 걸었다.

"봄! 왜 혼자 다녀?"

내내 내 곁에 붙어 있던 최봄에게 혼자 다니냐는 말은 도대체 무슨 뜻으로 한 말일까 싶다가 그냥 생각하기를 그만뒀다. 투명 인간 취급받는 일이 낯설지도 않았으니까. 그 애들은 나를 없는 사람인 듯 대하며 나와 최봄 사이에 끼어들었다. 끼어든 애들은 최봄에게 웃는 얼굴로 말을 걸며 어깨로는 나를 툭 밀어냈다. 내가 밀려서 한쪽으로 걸음을 옮기자 최봄은 상황을 알아차렸는지 다시 내 옆으로 왔다. 그러고는 내 팔을 당겨 자기 쪽으로 오게 하고는 나와 가볍게 팔짱을 꼈다.

최봄이 나를 최우선으로 챙기자 다른 애들의 표정이 묘하게 굳었다. 솔직히 그 표정에 약간의 통쾌함 비슷한 알 수 없는 감정이 들기도 했다. 그렇지만 점점 불편한 기분이 일었다. 최봄은 나에게 자꾸 말을 걸며 뭐라도 이야기를 이어 가려고 애쓰고 있었고, 여자애들이 다시 이쪽으로 몰려오면서 우르르 한 무더기로 다니는 것도 짜증 나기 시작했다. 그래서 내가 말없이 혼자 다른 곳으로 가자 최봄은 상황을 파악했는지 여자애들에게 뭐라고 말하는 것 같았다. 거리가 있어서 뭐라고 말했는지는 안 들렸지만 여자애들이 알았다며 왔을 때와 마찬가지로 한 무더기로 우르르 떠나갔다. 최봄이 다시 내 옆으로 와서 말했다.

"시인아, 애들 몰려오고 복잡하니까 정신이 없다. 조용히 있고 싶다고 했으니까, 이제 괜찮지?"

그러나 이후에도 말이 '조용히'고 '괜찮지'나 하나도 조용하지 않고 괜찮지 않았다. 여자애들이 떠나가자 이번에는 남자애들이 와서 최봄에게 쉴 새 없이 장난을 걸었다. 자꾸만 말도 안 되는 농담을 던지며 까불대는 남자애들이 주변을 기웃거리자 점점 머리가 아파 왔다. 최봄은 이런 순간들이 익숙한지 남자애들의 장난을 적당히 받아쳐 주면서 분위기를 연신 화기애애하게 만들었다. 차라리 혼자가 낫겠다는 생각이 들 무렵, 이재하가 이쪽으로 저벅저벅 걸어왔고 그러자 남자애들이 순식간에 자리를 피했다. 이재하가 못마땅한 표정으로 최봄에게 물었다.

"스프링, 즐거워 보인다?"

"당연하지. 수학여행인데."

"친구 좀 챙겨. 혼자만 즐겁지 말고."

그 말에 최봄이 당황한 표정으로 내 옆으로 한 걸음 더 가까이 오며 물었다.

"서인이도 즐겁지?"

나에게 동의를 구하는 최봄을 떨떠름한 표정으로 보고만 있자 이재하가 한숨을 쉬었다. 그러더니 내 팔목을 잡으면서 최봄에게 말했다.

"차라리 이러자. 너 그냥 편하게 다녀. 내가 얘랑 다닐게."

이재하가 잡은 내 팔을 보는 최봄의 표정이 묘하게 일그러지고 있었다. 나는 당황스러워서 힘주어 팔을 빼내려고 했지만 그러기도 전에 최봄이 선수를 쳤다. 최봄은 손을 뻗어 내 팔을 확 채 가며 이재하에게 말했다.

"내가 알아서 해."

"아니, 내가 알아서 할게. 아까부터 봤는데 너 뭐 하는 거야?"

이재하도 조금 화난 표정으로 맞받아쳤다. 둘은 잠시 서로를 노려보더니 동시에 나를 쳐다봤다. 마치 누구를 선택할 거냐는 물음이 내게 던져진 듯한 상황이었다. 둘이서 왜 이러는지는 모르겠지만 나는 이렇게 가만히 있으면서 둘에게 장단을 맞춰 줄 이유가 더 이상 없었다. 나는 혼자 있고 싶을 뿐이어서 두 사람을 그대로 두고 그냥 뒤돌아 저벅저벅 걸음을 옮겼다.

"서인아, 같이 가!"

최봄이 안절부절못하며 뒤따라왔다. 뒤를 힐끔 돌아보자 이재하도 나에게서 눈을 떼지 못하고 있었다. 그날은 정말 이상한 하루였다.

피곤한 일정을 끝내고 최봄보다 먼저 숙소로 들어왔다. 야외나 버스에 있을 때보다 숙소에 들어오자 본격적으로 어색함과 두려움이 몰려들었다. 숙소 구석에 앉아 문득 혜리와 수학여행을 같이 왔다면 어땠을까 생각에 잠겼다.

중학교 1학년 때 수학여행을 다녀온 다음에 혜리와 친해졌기 때문에 우리 둘 사이에 수학여행에 대한 추억이라곤 전혀 없었다. 혜리 생각에 서글퍼졌지만, 나는 무너지면 안 된다며 다시 마음을 굳게 먹었다.

그때 여기저기서 같이 씻자는 말이 들려왔다. 손바닥 뒤집기로 같이 씻을 구성원을 정하겠다고 했다. "봄, 얼른 들어와." 하고 누군가 문밖 복도를 향해 외쳤다. 최봄이 바로 들어오지 않자, 여자애들은 모여 앉아 수다를 떨기 시작했다. 같은 방 여자애들은 신나서 떠들다가 문득 나를 발견한 듯 한두 명씩 고개를 내쪽으로 돌렸다. 한쪽에 덩그러니 앉아 있는 나에게 시선이 모두 꽂혔고 몇몇이 다 들리게 한마디씩 던지기 시작했다.

"쟤랑도 같이 씻어야 해?"

"아, 근데 어쩔 수 없잖아. 각자 씻을 시간 없단 말이야."

"진짜 싫어."

그때 문이 열리고 최봄이 들어오자 조금 용기를 얻은 나는 짐짓 아무렇지 않게 말하기 위해 큼큼 목을 가다듬었다. 새벽에 따로 씻겠다고 말할 참이었다. 나 또한 쟤네들하고 같이 씻는다는 건 끔찍한 일이었다. 어느 누구하고도 친해지고 싶지 않고 가까워지고 싶지 않은데 하하 호호 웃으며 같이 씻는다니 상상도 하기 싫었다. 숨을 한 번 크게 뱉고 용기 내어 입을 열었다.

"새벽에…….."

그러자 잠시 정적이 일더니 갑자기 최봄을 제외한 모두가 와글와글 한마디씩 얹었다.

"새벽에 혼자 씻는다고?"

"민폐도 정도껏 해. 다 자고 있는데 씻는다고 인기척 내서 잠 깨우는 거 미친 짓 아니냐?"

"진짜 새벽에 씻기만 해 봐."

"선택해. 씻을 거야, 말 거야?"

"에이, 설마 안 씻지는 않겠지. 사람인데 그렇게나 더러울까?"

한차례 소란스러움이 지나갔지만 아무 대답 없이 고개를 반대편으로 돌리고 있는 나로 인해 방에는 또다시 금방 정적이 흘렀다. 이상한 긴장감 속에서 자기들이 무시당했다고 느꼈는지 쟤 저러다가 2박 3일 동안 안 씻는 거 아니냐며 누군가가 날 선 말투로 빈정거렸다. 그걸 신호로 또 일제히 시끄러워졌다. 혼자 도도한 척은 다 하더니 왜 저렇게 더럽냐면서, 선생님께 말씀드려야 하는 거 아니냐면서, 나랑 숙소를 같이 쓰는 자기네들이 불쌍하다면서. 나는 마음이 졸아드는 걸 느꼈지만 아무렇지 않은 표정을 유지하려고 애쓰며 할 말을 고르고 있었다. 애들이 할 말을 다 쏟아 냈는지 방에는 또 한 번 무거운 정적이 찾아왔다. 슬쩍 돌아보자 이번에도 최봄을 제외한 모두가 짜증 나는 표정으로 나를 힐끔거리고 있었다.

많은 말을 담고 있는 사나운 눈동자들을 마주하자 고개가 저절로 숙어졌다. 무거운 정적 속에서 아무나 아무 말이라도 꺼내 주었으면 좋겠다고 간절히 바라던 그때, 최봄이 조심스럽게 말을 꺼냈다.

"뭐 어때? 사실 2박 3일 동안 안 씻어도 돼."

모두의 눈동자가 최봄에게 옮겨 가자 최봄이 살짝 웃으며 말을 이었다.

"생각해 보면 그렇지 않아? 첫째 날은 집에서 씻고 오잖아. 둘째 날은 하루 정도 안 씻을 수도 있는 거고, 셋째 날은 집에 가서 씻을 거니까 안 씻어도 상관없지."

다들 황당한 표정으로 봄을 보고만 있자 웃자고 하는 말에 분위기가 왜 이러냐고 최봄이 입을 가리고 호호 웃기 시작했다. 웃음소리가 봄바람처럼 살랑거렸다. 어떤 애는 손가락을 세 개 펼쳐서 안 씻어도 되는 이유를 다시금 따져 보더니 뒤늦게 감탄하며 말했다.

"봄이 내년에 나사 들어가야 하는 거 아니냐?"

그러자 다들 "봄이 완전 기적의 논리법"이니 "봄이가 대박 똑순이"니 뭐니 이런저런 칭찬을 늘어놓기 시작했다. 내가 했으면 미쳤냐는 말이나 들을 농담을 최봄이 하니 이렇게나 반응이 좋다. 호들갑스럽게 반응하는 애들 말을 뚫고 최봄이 다시금 말을 이었다.

"나도 오늘 피곤해서 새벽에 씻을 생각이었는데 너무 시끄러우려나?"

"아냐!"

순간 모두가 동시에 아니라고 외쳤고, 그 기세에 나마저 반사적으로 아니라고 외칠 뻔했다. 여자애들은 자기네들이 동시에 같은 대답을 했다는 사실이 대단한 것처럼 놀라며 까르르거렸다. 우리 왜 이렇게 단합이 잘 되냐며 기특하다는 듯 서로 마주 보고 신나 하면서 말이다. 분위기가 화기애애해지자 최봄도 웃으며 말했다.

"그러면 그때 서인이도 씻으면 되겠다. 나랑 서인이는 새벽에 씻을게."

인정하긴 싫지만 조금은 고맙다는 감정이 드는 순간이었다. 취침 시간이 되자 핸드폰 알람을 진동으로 맞추고 바로 끌 수 있게 베개 바로 옆에 두고 누웠다. 시끄럽게 소리로 해 놓았다가 잠을 깨웠다고 원성을 듣거나 멀리 놔두었다가 늦게 알람을 껐다고 욕을 들을까 봐였다. 교관의 눈을 피해 여기저기서 속닥거리며 수다 떨던 소리가 잦아들었다. 곧이어 방에서는 곤한 숨소리가 들려왔다. 나는 잠자리가 바뀌어서인지 밤늦도록 이런저런 생각에 잠을 이루지 못했다. 뒤척이다가 오늘 있었던 일을 하나하나 되짚어 봤다. 버스에 타기 전부터 봄이 나에게 말을 걸었던 일. 서로 나란히 걸어 다녔던 일. 인기 많은 봄과 짝이 되어 어깨가 으쓱해질 수밖에 없던 기분. 무엇보다 마음이 든든하고 은근히 수학여행이 즐거웠다는 사실까지. 나도 모르게 미소가 지어졌다. 그 뒤로도 여러 가지 생각을 하다가 새벽이 깊어서야 잠이 들었다.

다음 날 어스름한 새벽에 최봄이 잠든 나를 깨웠다. 어깨를 흔드는 손길에 친밀함이 느껴졌다. 다른 애들은 나를 부를 때 이름을 부르지도 않는다. 어떤 애들은 이름을 부르기는커녕 손이 닿는 것도 싫다는 듯 볼펜 같은 걸로 등이나 어깨를 찔러 날 돌아보게 했다. 볼펜으로 찌르는 통증은 등 언저리에 오래도록 남곤 했다. 그럴 때면 마음도 함께 쿡쿡 쑤셨다.

어깨를 잡아 흔드는 손길에 눈을 떠 올려다보자 봄이 정다운 눈빛으로 나를 내려다보고 있었다. 손을 더듬어 머리맡의 핸드폰을 켜 보니 잠결에 알람을 껐는지 맞춰 놓은 시간이 지나 있었다. 나는 핸드폰으로 시간을 확인한 후 대답 없이 일어났다. 봄은 자꾸만 혜리와 함께했던 시절을 생각나게 했다. 기분이 이상했지만 왠지 나쁘지 않았다. 다른 애들을 깨우지 않으려는 듯 봄이 목소리를 낮춰 물었다.

"서인아, 같이 씻을래?"

"아니, 혼자."

"그럼…… 그럼 먼저 씻을래?"

대답 없이 가방에서 짐을 챙겨 화장실로 터덜터덜 향했다. 이제는 봄도 내게 익숙해졌는지 아무렇지 않아 하는 것 같았다. 날이 밝아 오자 각자의 알람 소리와 함께 방 아이들이 하나둘 일어났다. 아침을 먹고 체조를 하고 인원 체크를 하고 시작된 본격적인 일정도 전날과 큰 차이는 없었다.

수학여행 동안 봄의 오지랖은 꾸준했다. 그래서 봄의 오지랖을 배려로 인정해 주기로 했고 심장이 간질거리는 기분을 고마움으로 규정해 주기로 했다. '그래, 최소한 나쁜 애는 아닌 거야.' 그런 생각을 하며 걷다가 콧노래가 나오기도 해서 당황스러웠다. 생각만큼 두려워할 일도, 가시방석에 앉은 기분도 아니었다. 버스에서 틈틈이 마음 편안하게 잠을 잘 수도 있었다. 그래서 두 번째 날이 끝나 갈 즈음에는 봄이 묻는 몇 마디에 퉁명스럽게나마 대답도 해 주고 고개를 끄덕여 주기도 했다. 못 이기는 척 젤리도 하나 말없이 받아먹었다. 처음과 다르게 확실히 서로 가까워져 있었다.

두 번째 날 저녁, 장기 자랑 시간이 되었다. 복도 여기저기에 나와서 춤 동작을 맞춰 보는 애들이 보였다. 막상 춤 동작

맞춰 보는 애들은 아무 말 없이 춤추고 있는데 주변에 있던 그 반 애들이 소리를 치며 다른 애들을 쫓아내고 있었다. 그 애들은 대단한 연예인의 경호원이라도 되는 양, 연습하는데 자꾸 와서 쳐다보면 장기 자랑 나갈 애들이 부담스러워한다며 무대 때 보라고 난리였다.

우리 반에서도 몇 팀이 나가기로 했다. 이재하와 박종빈을 주축으로 한 댄스 팀 외에 여자애들도 팀을 꾸려 나가기로 한 모양이었다. 그 여자애들 팀에 봄도 포함이 되어 있었다. 들은 바로 콘셉트는 뻔하게도 댄스 배틀 레퍼토리였다. 정말 지겨울 것 같고 기대가 하나도 안 되었는데 자꾸만 피식피식 웃음이 났다. 봄을 포함한 여자애들 몇 명이 우리 방에 모여서 장기 자랑 준비를 했다. 몰래 가져온 화장품을 두드리고 고데기로 머리도 만지고 볼 언저리에 별 모양 스티커도 붙이고는 핸드폰으로 노래를 틀어 놓고 리허설을 했다. 그 모습을 보자 왜인지 내가 다 떨렸다. 별것 아닌 일에도 까르르거리는 웃음소리 가득한 방에서 왜 내가 설레는지 모를 일이었지만 이런 게 수학여행이구나 싶기도 했다.

장기 자랑은 강당에서 진행됐다. 봄의 순서가 다가올수록 긴장되고 떨려서 나도 모르게 두 손을 모았다. 드디어 봄의 차례가 되었다. 무대 위에 오르면서 봄은 관객석을 향해 손을 흔들었다. 꼭 나에게 흔들어 주는 손 인사 같아서 기분이 이상했다. 음악이 흐르자 봄이 춤을 추기 시작했다. 다행히 봄이네 팀은 실수 없이 무대를 잘 끝마쳤다. 결코 잘 추는 춤은 아니었지만, 우리 학년을 통틀어 남자애들의 반응이 가장 좋은 무대였다.

중간 코너로 교감 선생님도 나와서 옛날 노래를 하나 불렀고 담임 선생님도 나가서 막춤을 췄다. 말로 설명할 수 없는 들뜬 분위기와 웃음소리 속에서 의연해지려고 애썼지만, 자꾸만 원치 않는 소속감이 들고 한편으로는 눈물이 날 것 같았다. 즐거울수록 서글프고 억울한 감정이 섞여 들어서 이게 무슨 감정인지 알 수 없었다. 좋은 추억이라는 이름이 붙을 것 같은 하루여서 겁이 났다.

이러면 안 되는데, 혜리가 살아 있었으면 분명 무대에 나가서 장기 자랑도 하고 그렇게 우리는 잊지 못할 추억을 함께했을 텐데. 혜리는 인천 바닷가에 유골로 뿌려져서 더는 이 세상에 없다. 그런데 나 혼자 좋은 추억이라는 이름으로 오늘을 간직한다는 건 말도 안 되는 일이었다.

2부가 끝나 갈 무렵, 이재하 팀이 나와서 대미를 장식했다. 열심히 준비한 티가 날 만큼 춤도 잘 추고 구성도 좋았다. 매사에 열정을 갖고 열심히 하는 애들다웠다. 어느 순간 나도 무대에 올라 랩을 하면 어땠을까 하는 생각이 고개를 내밀었다. 말도 안 되는 상상이었고 그런 상상을 했다는 그 자체가 창피해져서 재빨리 고개를 저었다. 봄이나 이재하 같은 애들은 나와 하늘과 땅 차이였다. 항상 명심해야 하는 사실인데, 잠깐 봄과 가까이 지냈다고 진짜 친해진 기분마저 들다니 스스로가 우스웠다.장기 자랑이 끝나고 불이 환히 켜졌어도 아이들이 만들어 낸 훈훈한 분위기는 강당 전체를 휘감고 있었다. 한마음으로 즐겁게 놀았다는 결속감이 모두의 열기 띤 얼굴에 피어오르고 있었다. 삼삼오오 강당을 빠져나가고 나는 혼자 숙소로 돌아가기가 주저되어서 봄을 찾아 헤매었다. 여기저기 헤맨 끝에 대기실 앞에서 봄을 마주할 수 있었다. 봄은 회포를 푸는 듯, 우리 반 장기 자랑에 나갔던 애들에게 둘러싸여 장난치고 있었다. 차마 다가갈 용기가 안 나서 그냥 혼자 숙소로 돌아왔다.

방에 있던 애들은 나와 함께 있는 게 어색하고 불편한지 자꾸만 방 밖으로 나갔다. 나랑 있으면 비슷한 포지션이라도 된다는 듯이 말이다. 봄은 지금 분명히 자기 친구들한테 둘러싸여 웃고 있을 것이다. 자꾸 최봄 생각을 하는 스스로가 자존심 상했다. 결국 방에 혼자 덩그러니 남게 되어서 핸드폰이나 보려고 했는데, 아무리 찾아도 핸드폰이 없었다. 장기 자랑 때 떨어뜨린 것 같았다. 황급히 점퍼를 챙겨 입고 복도로 나갔다.

"배서인!"

복도로 나가자마자 있는 모퉁이를 돌았을 때, 반대편에서 이재하와 박종빈이 걸어오며 내 이름을 외쳤다. 어떻게 이렇게 딱 만나냐는 박종빈의 말이 들리지도 않을 만큼 그 자리에 얼어붙어서 이게 무슨 상황인가 싶었다. 앞에 가까이 온 이재하가 씩 웃으며 내 핸드폰을 쭉 내밀었다. 내미는 손이 참 예쁘다는 생각이 저절로 들었다. 이재하와 조금이라도 손이 닿을까 봐 조심하면서 얼떨결에 핸드폰을 받아 들었다.

복도에 있던 여자애들은 항상 그렇듯이 무슨 일이냐고 물으며 이재하에게 다가왔다. 이재하는 자석처럼 애들을 항상 끌어당겼다. 공부할 때 빼고는 혼자 있는 모습을 본 적 없었다. 이재하는 피곤한지 벽에 기대며 눈을 내리깔고 말했다.

"핸드폰 찾아 주느라."

그 별것 아닌 대답에 주위 애들에게서 "어~." 하는 시청자 반응이 나왔다. 참 잘난 인생이다. 여자애들은 자기도 핸드폰을 잃어버려야겠다며 이재하에게 농담을 던졌다. 그 틈에 숙소 방으로 돌아가기 위해 발걸음을 옮기는데 한 여자애가 들으라는 듯이 외쳤다.

"쟤는 고맙다는 말도 안 하네? 야!"

"그럴 수도 있지."

그 여자애의 외침에 아무렇지 않다는 듯 대답을 한 건 이재하였다. 이재하가 내 편을 들어 주는 게 당황스럽다가 결국 '원래 저렇게 착한 애니까 인기가 많겠지.' 싶기도 했다. '정말 잘난 애들은 성격마저 완벽한가?' 진지하게 궁금해졌다. 잘난 애들은 성격이 안 좋을 거라는 선입견을 가지고 이재하와 최봄에게 거리를 뒀던 지난날을 반성할 지경이었다. 조금 창피해서 얼굴이 화끈거렸다. 이번에는 뒤에서 다른 여자애가 의아하다는 듯이 말했다.

"재하야, 근데 폰 쟤 건지 어떻게 알았어?"

순간, 덜컹 심장이 내려앉아 발걸음을 멈추고 황급히 핸드폰을 확인했다. 이름이 각인된 체크 카드를 끼워 넣은 것도 아니었고 투명 케이스에는 그저 증명사진 속 혜리만이 미소 짓고 있었다. 분명 잠금도 잘되어 있고 배경 화면도 기본 화면으로 설정해 놓은 핸드폰이었다. 정말 어떻게 안 거지? 등골이 서늘해질 즈음 박종빈 목소리가 들렸다.

"몰라. 그냥 핸드폰 보더니 '어, 이거 배서인 건데?' 이러더라고. 진짜 어떻게 알았냐? 평소에 배서인 관찰해? 배서인 좋아해?"

여자애들 사이에서 농담으로라도 그런 말은 하지 말라며 원성이 터져 나왔다. 이재하가 하하 웃으며 반대편으로 발걸음을 옮겼다. 아무런 해명 없이 사라져 가는 이재하를 보고 여자애들은 잠시 침묵에 잠겼다가 "에이~, 설마."라고 한마디씩 내뱉었다. 나도 속으로 '설마.' 하며 방으로 발걸음을 옮겼다.

"서인아, 어디 갔었어?"

장기 자랑을 성공적으로 마쳐서인지 기분이 업되어 보이는 봄이 나를 애교 있게 불렀다. 나는 복도에서 바로 모퉁이만 돌면 보이는 곳에 있었는데 봄은 반대편 계단으로 올라왔는지 오는 길에는 마주치지 못했다. 잠시 떨어졌던 봄이 다시 와서 말도 걸어 주고 이것저것 챙겨 주자 금세 마음이 따뜻해졌다. 내가 고개도 끄덕이고 살짝 미소도 짓자, 봄은 더 친한 척 가까이 다가왔다.

사실 귀찮은 척, 신경 안 쓰이는 척, 무시하는 척했지만 나는 수학여행 내내 봄을 의식하고 있었다. 집으로 오는 버스 안에서 따져 보았다. 최악도 아니고 나쁨도 아니고 보통, 어쩌면 즐거움에 가까웠던 2박 3일이었다.

집에 와서 피식피식 웃으며 짐을 풀다가 책상 위에 시선이 닿았을 때, 나는 뭔가 이상함을 느꼈다. 사진 속 혜리가 미소 짓고 있었다. 그리고 나는 수학여행 동안 좀처럼 혜리 생각을 안 했다는 걸 깨달았다. 와, 약간 위험했다. 손을 뻗어 혜리 사진을 집어 오래 들여다보았다. 멍하니 보고 있으니 봄이 자꾸만 생각났고 혜리에게 미안해졌다. 봄을 잊으려고 침대에 누워 아무것도 없는 천장을 봤다. 혜리를 생각해서라도 마음을 굳게 먹어야 했지만, 봄은 자꾸만 혜리를 떠올리게 해서 혜리를 생각하면 저절로 봄이 생각났다. 어느덧 봄이라는 애한테 어쩌면 대충 우정이라고 봐 줄 수 있을 정도의 친밀감을 느끼고 있었다.

　침대에 누워 있다가 어느새 잠들었는지 꿈을 꿨다. 꿈속에서 수학여행을 가는 버스 안이었고 옆에는 봄이 앉기로 했다. 나는 젤리 봉지를 만지작거리며 기다렸다. 옆에 누가 앉자 짐짓 창밖을 보는 척하며 망설이다 젤리를 하나 집어 내밀었다. 그러나 옆자리에서는 받지 않았고 익숙한 목소리가 내 이름을 불렀다.

　"서인아."

　날 부른 건, 옆에 앉아 있던 건 봄이 아니었다. 순간 놀라서 헉하고 눈을 떴다. 꿈속에서 옆자리에 앉아 있던 건 복잡한 감정을 담아 시선을 마주하는 혜리였다.

7

주말 동안, 그리고 월요일 등굣길까지도 기분이 착잡했다. 교실로 들어서자 최봄이 "서인아!" 하고 이름을 부르며 손을 흔들어 알은체했다. 무표정으로 인사를 본체만체하고 사물함으로 갔다. 사물함 문을 열고 책을 꺼내는데 최봄은 인사를 못 봤다고 생각했는지 다시 한번 이름을 부르며 다가왔다. 책을 집어서 사물함 문을 닫고 일어났다. 뒤를 도니 다가온 최봄이 반가운 표정을 지으며 바로 앞에 있었지만 나는 아무 말 없이 지나갔다.

"서인아, 숙제했어?"

최봄은 자리까지 따라와 말을 걸며 아직 안 했으면 자기 노트를 빌려주겠다고 했다. 내가 보란 듯이 무선 이어폰을 끼고 아무 반응도 안 하자, 뻘쭘하게 서 있다가 자리로 돌아갔다.

최봄이 다시 말을 건 것은 다음 날 아침 복도에서였다. 복도에서 마주치자 어제 아무 일도 없었다는 듯이 또 반갑게 인사하는 최봄이었다. 이번에도 지나쳐 가자 최봄은 내 팔을 잡아 돌려세우고는 물었다.

"잠깐만, 서인아. 혹시 기분 나쁜 일 있어?"

아무 말 없이 그냥 지나가려고 하다가 확실히 선을 그어야겠다는 생각이 들었다. 당해 봤던 무시 중에 가장 기분 나쁜 행동은 단연 지나쳐 가면서 어깨를 치고 가는 일이었다. 심한 거 아닌가를 따질 겨를 없이 최대한 빨리 끊어 내고 싶은 마음이 앞섰다.

"아!"

내 어깨로 최봄 어깨를 세게 치고 지나가자, 최봄은 외마디 비명을 지르며 휘청였다. 그런 최봄을 지나쳐 바로 교실로 들어와 책상에 엎드려 버렸다.

엎드려서 많은 생각을 했다. 그러다 스스로 생각해도 아까의 행동은 좀 아닌 것 같았다. 교실 안의 비어 있는 최봄 자리가 신경 쓰여서 복도로 나갔는데 아무도 없었다. 이왕 나온 김에 화장실에 들렀다 가려고 걸음을 옮겼다. 화장실 입구에 들어서려는 순간, 나는 발걸음을 멈출 수밖에 없었다. 최봄의 황당해하는 목소리를 필두로 여자애들이 맞장구치는 소리가 들렸다.

"근데 난 진심으로 대했거든? 내가 뭘 잘못한 건지도 모르겠어!"

"이젠 수학여행 끝났으니 필요 없다 이건가?"

"그렇다고 어깨를 칠 것까진 없잖아. 봄이가 얼마나 챙겼는데."

"그년 원래 또라이야. 애초에 상대를 말아야 해. 에구, 우리봄이."

분명히 나를 두고 하는 말이었다. 못 들은 걸로 하고 교실로 돌아갈까 싶던 찰나에 최봄 목소리가 다시금 들렸다.

"아, 우선 나가자. 생각할수록 개 소름 끼쳐!"

얼른 자리를 피했어야 했다. 화장실에서 나오던 최봄 무리와 딱 마주치고 말았다. 당황한 건 나뿐 아니라 눈동자가 흔들리고 있는 최봄도 마찬가지인 것 같았다. 최봄은 이렇게 된 거 솔직하게 터놓고 싶은지 청하는 어조로 운을 뗐다.

"……들었어? 근데 어깨 치고 간 건 좀 아닌 것 같아."

옆에 선 여자애 두어 명이 "맞아."라며 동조했다. 그러나 대화로 풀고 할 것도 없었다. 내 목표는 최봄과 예전처럼 아무 사이도 아니게 되는 것이었으니까. 내가 아무 말 없이 뒤돌아가자 최봄이 다급하게 말했다.

"무슨 말이라도 해 줬으면 좋겠어."

멈추지 않고 그대로 천천히 걸으며 할 말을 찾았지만 미안하다는 말밖에는 적당한 말이 떠오르지 않았다. 최봄 입장에서는 정말 '뭘 잘못한 거지? 겉도는 애를 성심성의껏 챙겨 준 죄밖에 더 있나?' 싶었을 것이다. 대답 없이 내가 점점 멀어지니까 최봄이 목소리를 높여 방금 한 말을 반복했다.

"무슨 말이라도 해 줬으면 좋겠다고!"

걸음을 멈추고 우뚝 서서 숨을 골랐다. 최봄이 알아차리지 못하게 등을 돌린 채 입모양으로만 "미안."이라고 한 후에 혜리를 떠올리면서 주먹을 꽉 쥐었다. 혜리 생각만 하려고 노력하며 발걸음을 재촉했다. 순간 뒤에서 최봄의 날카로운 외침이 들렸다.

"야! 내가 뭘 잘못했는데!"

최봄은 저벅저벅 걸어와 내 앞을 가로막으며 말했다.

"이유라도 말하란 말이야!"

언제나 완벽하던 최봄이 이성을 잃은 모습에 할 말을 잊고 가만히 봤다. 그냥 좋은 의미로 다가왔을 애가, 한 번도 완벽함을 잃지 않던 애가 이렇게까지 무너졌다는 사실에 죄책감까지 들었다. 잠자코 쳐다만 보고 있자 최봄이 횡설수설 말을 이었다.

"그래, 나도 모르게 소리 지른 건 미안한데……."

"쌤쌤 쳐. 모르고 소리 지른 거 아니잖아. 나도 모르고 어깨

친 거 아니니까."

"우리 이러지 말고 오해가 있으면 풀자. 나도 미안하고……."

"저기야, 그냥 나한테 말 걸지 마."

최봄의 말이 끝나기도 전에 내뱉었다. 숨을 한 번 크게 들이쉬고 다시 최봄의 어깨를 치고 지나가는 것도 잊지 않았다. 예상 못 했는지 최봄은 또 "아!" 하며 휘청거렸다. 여자애들이 우르르 몰려드는 발소리에 뒤를 보니 다들 최봄을 둘러싸고 신경 쓰지 말라며 어깨를 다독거리고 있었다. 이걸로 끝났다는 사실에 알 수 없는 감정이 밀려왔다. 이제는 최봄을 완전히 끊어 냈으니 혜리에게 떳떳할 수 있었다. 교실로 들어서니 아침 자습 시간이 시작된 후였다. 자리에 앉아 문제집을 펼쳐 문제와 보기에 의미 없이 줄만 그으며 시간을 보냈다. 그날은 왜인지 모르게 하루 종일 마음 한쪽이 아팠다.

8

그 후로 수학여행 일들은 모두 다 잊으려 애썼다. 나에게는 같이 다닐 친구 따위 필요 없고 앞으로도 필요할 일 없을 거라며, 최봄 생각이 날 때마다 고개를 세차게 저었다. 자꾸만 마음에 밟히는 최봄을 무시하고 혜리만을 생각하려고 애썼다. 그런데 최봄과의 일이 있고 며칠 지나지 않아, 이재하의 입에서 혜리 이름이 나온 것이다.

"혜리가 지난달에 네 얘기 많이 하더라."

어떻게 해석해야 할지 몰라 아무런 말 못 하고 있던 나에게 이재하는 알 수 없는 말만 남기고 돌아섰다. 말도 안 되는 이야기였지만 그때 이재하의 울먹이는 눈은 진실을 말하고 있었다.

'만약 이렇다면 어떨 것 같아? 내가 죽은 애와 꿈에서 만난 다면.'

침대에 누워서 곰곰이 생각에 잠겼다가 벌떡 일어나 책상 위의 혜리 사진을 집어 들었다. 사진 속에는 3년 전, 중학교 1학년의 앳된 얼굴을 한 혜리가 환한 미소로 날 보고 있었다. 나는 해가 지날수록 옛날 사진과 달라지고 점점 어른이 되어 가는데 혜리는 영원히 열네 살의 나이로 사진 속에만 남아 있다. 나는 사진에 대고 물었다.

"혜리야, 진짜야? 너, 아직도 맛나분식을 떠나지 못하고 있는 거야?"

혜리는 서영여중 사거리 맛나분식집 딸이었다. 가끔 맛나분식 통창 앞에서 혜리는 떡볶이를 젓고 있었다. 들리는 소문으로는 그 사고 이후 혜리네 가족이 멀리 이사를 갔다고 했다. 그리고 그 맛나분식을 인수한 건 바로 이재하네 식구들인 것 같았다. 이재하는 분식집 아들답게 모의고사 날 아침, 학교에 맛나분식 스티커가 붙은 스티로폼 상자 한가득 김밥을 가져왔다. 든든히 먹고 힘내라는 의미로 돌렸다는데 나는 받자마자 호흡이 가빠지고 울컥하는 마음에 견디기가 힘들었다. 못 참고 그대로 김밥을 집어 쓰레기통으로 들고 가서 버리고 돌아섰다. 그러자 쓰레기통 근처에 앉아 있던 어떤 애가 크게 외쳤다.

"야, 대박! 쟤가 방금 재하네 김밥 쓰레기통에 버렸어."

혜리 생각을 하면 맛나분식 김밥을 먹을 수도 없었고 이재하의 선심이 반갑지도 않았다. 무심코 한 행동이었는데 순식간에 반 애들이 무차별적으로 비난을 퍼붓기 시작했다.

"진심 성격에 문제 있냐?"

날카롭게 따지던 어떤 여자애 목소리가 날아든 걸 끝으로 다행히 비난은 멈췄다. 이재하가 상황을 정리했기 때문이다. 이재하가 앞에 나와 교탁을 두드리며 말했다.

"자, 조용! 먹고 말고는 자유니까 강요하지 말기."

"아니, 그래도……."

마지막까지 무섭게 따지던 그 여자애는 아쉽다는 표정으로 한마디를 더 보탰지만, 이재하는 그러는 여자애에게 유들유들하게 웃으며 말했다.

"맛나분식 라이벌 행복분식 있잖아. 행복분식 찐팬일 수도 있지. 존중하자!"

상황은 그렇게 정리되었지만 그날 이후로 나는 반에서 더욱 공공연하게 따돌림을 받게 되었다. 하지만 다시 그 순간이 와도 똑같이 행동할 것 같다. 내가 어떻게 맛나분식 김밥을 먹을 수 있을까?

맛나분식은 1층이 분식집, 2층이 가정집이고 그 위에는 책이 가득한 다락방과 옥상이 있었다. 나는 혜리를 따라 맛나분식에 자주 들르곤 했었다. 학교가 끝나면 아무도 없는 텅 빈 우리 집에 혼자 있는 것보다 맛나분식에서 혜리랑 떡볶이를 먹는 게 좋았다. 무려 3년 전인데도 또렷이 기억난다. 곧잘 가서 먹던 맛나분식 김밥과 떡볶이, 서인이 왔냐고 웃어 주시던 혜리네 어머니, 그리고 혜리네 집에서 계단을 따라 올라가면 나오는 다락방과 그 앞에 문 하나만 열면 펼쳐지는 옥상이 말이다.

9

"나도 너랑 되게 친해지고 싶었어."

언젠가 혜리가 맛나분식집 옥상에서 해 준 이야기다. 혜리네 부모님이 급하게 친척 장례식장에 가신 날, 혼자 집을 지키려니 무섭다고 같이 밤새자며 혜리에게서 연락이 왔다. 아직 혜리와 완전히 친해지기 전이라서 낯가리며 탐색을 하듯 거리를 좁히지 않던 나를 집에 초대한 것이었다. 친구 집에 가서 자는 게 처음이라 고민하다가, 마침내 용기 내어 그러겠다고 했다. 집에 들어서며 두리번거리는 나에게 혜리가 말했다.

"집에 아무도 없으니 편하게 있어."

"오빠는?"

"오빠 놈 아마 피시방에서 밤샐걸? 살판났어."

혜리는 간식거리를 쟁반에 받쳐 들고 와서 나를 다락방으로 안내했다. 나는 별을 보기 위해 집에서 가져온 망원경을 들고 혜리를 따라 다락방에 올라갔고, 우리는 밖으로 통하는 문을 열고 곧장 옥상으로 나갔다. 밤하늘에는 몇 개 되지 않는 별이 참 밝고 예쁘게 떠 있었다. 나는 평상에 앉아 혜리가 차려 준 간식을 이것저것 먹으며 수다를 떨었다. 우리는 옥상에서 망원경으로 돌아가면서 별을 보며 별자리도 그려 보았다. 반짝이는 별을 보며 나는 혜리에게 말했다.

"혜리야, 우리 두 손 모으고 소원 빌자."

"별이 떨어질 때 비는 거 아냐?"

"몇억 광년 떨어져 있어서 괜찮을 거야. 지금 빌면 나중에 별 떨어질 때 돼서 소원이 가닿겠지."

"오케이, 일리 있음."

누가 보면 유치해 보였겠지만, 우리는 손을 모은 채 눈을 꼭 감고 소원을 빌었다. 나는 하늘에 계신 엄마가 행복했으면 좋겠고 우리 아빠가 건강했으면 좋겠고 혜리와 단짝이 되었으면 좋겠다고 간절히 빌었다. 소원을 다 빌고 눈을 뜨자 혜리가 나를 보고 있었다. 내가 마주 보자 혜리는 나에게 무슨 소원을 빌었냐고 물었다. 나는 부끄러워서 말을 못 하고 있다가 용기를 내어 빈 세 가지 소원을 말했다. 혜리는 기분 좋은 얼굴로 특별히 세 번째 소원은 자기가 직접 들어주겠다고 했다. 그 말을 듣고 쑥스러워서 조금 당황하자 혜리가 귀엽다는 듯 웃으며 말했다.

"나도 너랑 되게 친해지고 싶었어."

심장이 간질거리면서 설레어 오기 시작했다. 혜리는 잠시 내려갔다가 손에 블루투스 스피커를 들고 걸어오며 말했다.

"스피커 오빠 방에서 째벼 왔어."

"그러다 혼나면 어떡해?"

"괜찮아. 몸통 박치기 하면 내가 이겨. 어제도 내가 이김."

혜리가 스피커를 핸드폰에 연결해 음악을 틀었다. 흘러나온 음악은 국민 아이돌 리리의 신곡이었다. 여름밤인데도 선선한 바람이 간간이 불었고 바람이 잔잔히 불 때마다 머리를 시원하게 하나로 올려 묶은 혜리 귓가의 잔머리가 흔들거리며 날렸다. 노래를 따라 콧노래를 흥얼거리던 혜리가 날 보고 갑자기 생각난 듯이 물었다.

"서인아, 넌 꿈이 뭐야?"

"나는 꿈 없어. 그냥 사는 거야."

"그래 놓고 나중에 갓생 살 수도?"

나를 좋게 봐 주는 혜리의 말에 기분이 좋아져서 웃음이 나왔다. 아직 친해지기 전인데도 집에 초대해 준 것도 고마웠고 나에게 잘 대해 주는 것도 좋았다. 좋은 친구가 생길 것 같은 멋진 예감에 구름 위를 걷는 듯한 날들이었다. 우리는 친해질 수밖에 없는 운명이었다. 단둘이 처음 재잘거렸을 때부터 대화 코드가 잘 맞았다. 혜리는 뭐든 성심성의껏 들어 주고 대답해 주는 애였다. 지나 무리가 들으란 듯이 떠드는 것처럼 눈치도 안 보고 멋대로인 애가 결코 아니었다. 하나를 보면 열을 안다고, 혜리는 오히려 예의 바르고 어른스러운 느낌이 강했다. 얼굴도 예쁘장하고 반에서 괜찮다고 평가되는 무리에 속해 있고, 책도 많이 읽어서 그런지 딱 부러지는 애였다. 혜리가 잠시 침묵하다가 말을 이었다.

"난 가수가 꿈이야. 리리처럼."

"리리 좋아해?"

"내 방에 리리 자서전도 있어. 선물 받은 건데 읽어 볼래? 갈 때 빌려줄게."

옥상 너머로 펼쳐진 다닥다닥 붙은 집들을 보며 무대 위에서 노래하는 혜리를 잠시 상상해 봤다. 스피커에서 흘러나오는 멜로디를 들으며 리리의 무대 위 모습을 떠올려 보자 신기하게 눈앞의 혜리가 겹쳐 왔다. 혜리가 무대 위에서 노래하는 게 그려질 정도였다. 이미지가 비슷하다고 해야 하나, 이렇게 빛나는 혜리라면 언젠가는 정말 리리처럼 스타가 될 것 같았다. 무대 위의 혜리는 눈이 부실 정도로 아름답겠지. 상상만으로도 마음이 벅차올랐다. 스타라는 꿈이 너무 잘 어울릴 만큼 혜리는 언제나 반짝반짝한 애였으니까.

우리는 얼마 지나지 않아 이상할 만큼 별이 빠르게 움직인다는 걸 알아차렸다. 알고 보니 우리가 봤던 건 별이 아니라 인공위성이었다. 그런데도 속았다는 느낌이 들거나 황당하기보다 혜리와 함께한 그 순간의 모든 게 웃기고 즐거웠다. 우리 아까 인공위성에 손 모으고 소원 빈 거냐며 깔깔거리던 그때의 혜리는 기억 속에 오래 남아 있다. 비록 밤하늘에 떠 있던 건 인공위성이었지만 나는 그 여름밤에 분명 별을 봤다고 생각한다. 내 눈앞에 있던, 스타가 될 혜리. 그렇게 가까이서도 별을 볼 수 있다는 걸 알게 된 그날의 여름밤. 비밀을 나누고 진솔한 이야기들이 오갔던 맛나분식집 옥상.

10

"배서인? 저번 일로 얘기 좀 하자."

"아니."

"혜리 얘기야. 사람 없는 곳으로 가자."

청소 시간에 이재하가 오더니 말을 걸었다. 혜리 이름을 들은 지 며칠 만에 이재하는 다시 혜리를 말하고 있었다. 며칠 동안 혜리 사진만 보며 아무리 생각해 봐도, 죽은 사람과 꿈에서 만난다는 건 정말 말도 안 되는 일이었다. 그래서 그저 어디서 소문을 주워듣고서 아는 척하는 것뿐일 테니까 이재하에게 내 입장을 분명히 해야겠다고 굳게 다짐하고 있었다. 남의 상처 아랑곳하지 않고 장난치다니, 괘씸함을 넘어서 분노가

치밀어 올랐다.

그러려면 이재하 말대로 우선 사람 없는 곳으로 가야 했다. 쏘아붙이든지 최봄한테 한 것처럼 어깨를 치든지 사람이 없는 곳에서 해야 다른 애들한테 욕을 덜 먹을 거라는 계산도 있었다.

이재하가 나를 데리고 간 곳은 아무도 오지 않는 옛날 과학실이었다. 신관에 새롭게 과학실이 생기자마자 여기 옛날 과학실은 아무도 사용하지 않는 곳이 되었다. 이재하를 따라 과학실로 들어서니 먼지 냄새와 알 수 없는 약품 냄새가 훅 끼쳤다. 이재하가 한 책상을 손바닥으로 두드리며 앉으라고 했다. 그러고는 자신은 그 앞자리에 앉아 뒤를 돌았다.

우선 의도를 제대로 파악해야겠다는 생각에 부글거리는 속을 억지로 억누르고 있던 찰나, 이재하가 궁금하다는 듯이 먼저 말을 꺼냈다.

"하나만 묻자. 이혜리 사진은 핸드폰에 왜 끼우고 다니는데?"

"혜리 알아? 아, 혜리랑 초등학교 동창?"

"중학교 동창."

"서영여중 나왔어?"

"농담."

그러고는 뭐가 웃기는지 이재하는 혼자 웃었다. 왜 저러나 싶어 생각을 종잡을 수 없는데 이내 씁쓸하게 웃음을 지운 이재하가 잠시 침묵했다. 멎은 웃음 끝에는 나로서는 알 수 없는 감정이 담겨 있었다. 농담이나 주고받는 답답한 상황에 먼저 할 말을 해 버리고 여기를 나가야겠다는 생각이 들었다. 대화할 타이밍을 잡는데, 이재하가 갑자기 자기가 가져온 스프링 공책을 펼쳤다. 그런 다음 공책의 빈 페이지 가운데에 줄을 긋고 줄을 기준으로 오른쪽 칸에 yes, 왼쪽 칸에 no라고 썼다. 이재하를 의문스러운 눈으로 쳐다봤지만 이재하는 그저 공책을 책상에 올려놓을 뿐이었다. 그러고는 잘 보라는 듯 나를 한번 보고서 백 원 동전 한 개를 주머니에서 꺼냈다. 이재하는 그 백 원 동전을 노트 가운데 그은 줄 위에다 살포시 올려놓았다. 떨떠름한 표정으로 뭐냐고 묻는 나에게 이재하가 대답했다.

"초등학교 동창이냐니. 저번에 이혜리랑 꿈에서 만난다고 했잖아. 너, 안 믿지?"

"헛소리 듣고 싶지도 않고 앞으로 혜리 두고 장난치지 마."

"준비 끝이야. 혜리한테 할 말 있으면 다 해."

공부를 너무 많이 하면 미치기도 한다던데 이재하는 공부를 많이 하기는 한다. 왜 곱게 미치지 않고 혜리를 끌어들여서 미쳤을까? 전투력을 상실한 채 가여워지려는 마음을 다잡고 다시 한번 강하게 말했다.

"헛소리 그만할래?"

"정말 그렇게 생각해?"

그 순간 그어 놓은 줄 위에 있던 동전이 저절로 no라고 쓴 칸으로 이동했다. 말도 안 되는 이야기였지만 정말 마법처럼 동전이 혼자서 움직인 것이다. 놀란 나를 앞에 두고 이재하는 다시 말했다.

"이혜리, 잘 있어?"

잘못 본 게 아니었다. 동전이 이번에는 혼자 yes라고 쓴 칸으로 이동했다. 신기함과 함께 벅차서 눈물이 날 것 같았다. 이재하는 "혜리야, 새로운 친구가 많아?" 같은 질문을 던졌고 동전은 yes와 no를 빠르게 왔다 갔다 하다가 질문에 따라 yes와 no 둘 중 한 곳에 멈췄다. 내 주머니에 있는 다른 동전을 꺼내 대신 올려 봐도 동전이 혼자 움직이는 현상은 동일했다. 이재하는 의기양양한 표정으로 이제 믿겠냐고 물었다. 눈앞의 마법은 믿을 수밖에 없는 현실이었다.

이재하의 말에 따르면 이 마법에는 규칙이 있었다. 한 달 주기로 이재하의 꿈에 혜리가 찾아온다는 것과 그날이 매달 15일이라는 것. 그리고 15일 하루만은 동전으로 잠시나마 꿈 밖에서도 대화가 된다는 것. 동전으로 교신하는 건 예전 서양에서 위자 보드처럼 귀신과 대화할 때 썼던 방법이라고 한다. 이재하는 진지한 눈빛으로 덧붙였다.

"나를 이용해서 혜리와 영원히 함께할 생각 마. 이혜리가 달마다 나를 찾아오는 이유가 뭐라고 생각해? 붙잡고 있지 말고 잊어 달라는 거야. 그래야 이혜리가 마음 편하게 하늘로 올라가."

"나 때문에 못 올라간대?"

"이승이든 저승이든 한쪽이 다른 쪽을 놓지 못하면 비극 아닌가? 학기 초부터 반 애들한테 벽 치는 이유가 이혜리 때문이지? 너 중학생 때도 그랬냐? 이혜리가 너 같은 애를 두고 하늘로 올라갈 수 있을 거라 생각해?"

"말 참 쉽게 한다."

"아니, 다 잊고 너의 삶을 살아. 혜리 완전히 마음에서 떠나보낼 때까지 동전으로 소통하는 거 몇 달이고 해 줄게. 고마워할 필요는 없어. 걔 하늘로 보내야 더 이상 내 꿈에 안 나타나."

이재하가 말한 방법은 다음과 같았다. 말로만 잊고 잘 산다고 하는 게 아니라 다른 친구들과 우정을 쌓으면서 학교생활을 남들만치 하는 것.

혜리를 어떻게 잊을까? 혜리를 잊고 다른 친구들과 웃으며 우정을 쌓는다는 건 말도 안 되는 일이었다. 그렇다고 잊지 못하겠다며 토를 달면 혜리와의 교신을 대신해 주지 않을까 봐 얼떨결에 고개를 끄덕이고 말았다. 이재하는 고개를 끄덕이는 나를 보고 피식 웃더니 한마디 말을 덧붙였다.

"그냥은 안 되고, 너 앞으로 나랑 같이 다녀."

이번에도 주저 없이 고개를 끄덕일 수밖에 없었다. 청소 시간이 끝나 가고 있어서 곧 교실로 돌아가야 했다. 이재하는 마지막으로 혜리에게 궁금한 걸 직접 물어보라고 했다. 한참을 망설이다 떨리는 목소리로 가장 궁금했던 질문을 던졌다.

"혜리야, 나 여전히 너에게 친구 맞지?"

11

잠들기 전까지 곰곰이 따져 봤다. 내일부터 이재하 무리와 같이 다니면서 전과는 다른 생활을 해야 한다. 영혼을 꿈에서 만난다니, 믿기지가 않았지만 눈으로 직접 본 이상 믿을 수밖에 없었다. 많고 많은 사람 중에 혜리가 이재하에게 나타나는 이유는 이재하가 맛나분식집 아들이기 때문일 것이다.

여러 가지 생각에 머리가 복잡해지자 그냥 눈을 감았다. 다음 날 알람 소리에 깨어 일어나자 어제의 일이 꿈같이 느껴졌다. 책상 위에는 혜리 사진이 있고 학교 가야 하는 일상은 여느 날과 같았다. 그러나 한 가지 달라진 게 있다면 혜리를 떠나보내야 한다는 목표가 생겼다는 것이다. 엄두가 안 나도 혜리가 행복해지려면 결국은 떠나보내야 했다. 오직 혜리를 위해서라면.

하얀 교복이 잘 어울리는 흰 피부의 이재하는 특별한 용무 없이도 자주 와서 씩 웃으며 말을 걸어 주었다. 나는 급식을 먹을 때나 체육관, 미술실 등으로 이동할 때 이재하 무리와 언제나 함께했다. 낯가림이 심한 나에게 이재하가 편하게 대해 주었기에 크게 어색함은 없었다. 오히려 남자애들이 툭툭대면서 장난도 걸어오고 알게 모르게 단순하고 무던해서 어울리기에 편했다. 오래 망설이다가 맛나분식집에 대한 미스터리를 넌지시 꺼내 놓은 적도 있었다.

"혹시 혜리가 3년 전에 맛나분식집 딸이었던 건 알고 있었어?"

"글쎄. 오늘 급식에 스파게티 나온다던데."

"내 얘기 듣고 있어?"

"우리 부모님은 꿈에 아무것도 안 나온다더라. 너 혹시라도 우리 집에 와서 하룻밤이라도 잘 생각 마."

이재하의 단호한 말에도 불구하고 혜리를 생각하면 쉽게 포기하기가 힘들었다. 한 줄기 기대를 접지 못하고 다시 한번 간절하게 물었다.

"너희 부모님 모르게 밤중에 맛나분식집 들어가서 바닥에서라도 자면 안 될까? 조용히 자다가 새벽에 나올게."

"와, 다행이다. 오늘부로 우리 가게 돈통 털리면 네가 범인 잡아 주겠다."

"그래, 내가 책임지고 세콤이라도 될게. 허락해 주는 거지?"

"아니, 안 돼. 네가 돈통 털 수도 있잖아."

내 말이 끝나기가 무섭게 이재하가 쌀쌀맞게 대답하고는 뭐라고 할 새도 없이 빠른 걸음으로 사라져 버렸다. 멀어져 가는 뒷모습을 보며 나에게 주어진 선택지는 이제 한 가지밖에 없다는 사실을 깨달았다. 이재하와 정말 친하게 지내는 것. 혜리랑 동전으로라도 대화를 하려면 그 방법밖에는 없었다. 나는 숨을 크게 들이쉬고 내뱉었다.

맑은 아침이었다. 교실 문을 열고 들어가자마자 날 발견한 이재하가 손을 들어 알은체를 했다. 그 때문에 옆에 있던 박종빈과 그 주변 남자애들도 고개를 돌려 나를 보고는 손을 흔들었다. 나도 무심히 손을 들어 그 애들에게 인사하고는 걸어가 자리에 앉았다. 이재하가 성큼성큼 오더니 내 옆에 와서 말했다.

"배, 오늘의 미션은 두구두구두구!"

"왜 이래? 할 말만 하고 가."

"실망이다. 갈게."

"됐고. 뭔데?"

가 버리려던 이재하는 마치 기다렸다는 듯 바로 뒤돌아 능

청스럽게 물었다.

"그렇게 듣고 싶어? 글쎄, 국가 기밀급인데 괜찮으려나?"

"그래, 그럼 안 들을게."

"에이, 오늘만 특별히 알려 준다. 오늘 미션은 수업 시간에 손 들고 1회 질문하기. 쉽지?"

"아, 제발⋯⋯."

미션이 너무 어려워서 눈앞이 까마득해졌다. 수업 내용도 잘 못 따라가는데 무슨 질문을 한단 말인가. 이재하는 매일 미션을 한 가지씩 줬다. 보통 미션은 짝꿍한테 펜 빌리기, 숙제 안 해 온 애 찾아서 숙제장 빌려주기, 아무한테 가서 칭찬 하나씩 하기 등이었다. 처음에는 무슨 미션이냐며 싫다고 했지만, 혜리와의 소통을 위해서는 무조건 이재하 말에 따라야 했다. 그러고 보면 이재하도 생판 남의 사정에 끼어서 도와주는 상황이라 마냥 나쁘게 볼 수는 없었다.

손 들고 1회 질문하기를 위해 수업 시간 내내 평소 안 하던 집중을 했다. 어차피 수학은 봐도 모르기 때문에 지리 같은 암기 과목 위주로 질문할 계획을 세웠다. 단 한 번도 수업 시간에 손 들고 질문해 본 적 없는데 어떻게 해야 할지 막막했다. 다행히 집중하다 보니까 수업 내용 관련해서 궁금한 게 한두 가지 정도는 생겼다. 그래도 손 드는 게 힘들어서 몇 번이나 망설이느라 손에 땀이 축축하게 배었다. 하지만 용기를 내야 이재하가 다음 달, 또 다음 달에도 옛날 과학실에서 혜리 소식을 전해 줄 것이다. 수업이 끝나 가고 지리 선생님의 질문 있냐는 형식적인 물음이 들렸다. 마지막 기회 앞에 기나긴 망설임을 끝내고 눈을 질끈 감은 채 손을 번쩍 들었다. 선생님의 놀란 목소리가 들려왔다.

"어…… 어, 그래, 질문해 봐."

눈을 뜨자 모두의 시선이 나에게로 모아졌고 호기심 어린 눈동자들을 보자 입이 얼어서 안 떨어졌다. 아무 말 못 하고 있으니까 이재하가 한마디를 던졌다.

"선생님, 배 질문하는 거 엄청 날카로운데 긴장하셔야 해요."

"쟤 이름이 배야?"

"우리 반 인기쟁이인데 이름 정도는 아셔야죠~."

이재하가 너스레를 떨자 순간 반에 "오~!"하는 반응이 일었다. 이재하의 장난스러운 유난에 몰려드는 민망함은 내 몫이었다. 나는 얼굴이 붉어진 채로 얼른 선생님을 부르고 궁금했던 걸 물었다. 별것 아닌 질문이었는데도 이재하가 대단한 말이라도 들은 듯 "역시!" 하며 짝짝짝 손뼉을 쳤다. 그러자 박종빈이 웃으며 손뼉을 따라 치기 시작하더니 점차 반으로 번져 나가 반 전체가 함께 손뼉을 치기 시작했다. 교실은 박수갈채와 장난스러운 휘파람 소리로 가득 찼다. 지리 선생님도 이상황이 웃기는지 입을 가리고 웃다가 막대기로 교탁을 쳐서 반 애들을 조용히 시키고는 나를 보며 자세히 답변을 해 주었다. 나는 귀까지 빨개졌을 얼굴로 고개를 끄덕였다. 답변을 들으면서 정말 쥐구멍에라도 들어가고 싶었다. 답변을 마친 지리 선생님은 수업이 조금 일찍 끝났다며 10분 자습하라고 말했다. 모두 각자 자습할 책을 꺼내느라 잠시 수선스러워졌다가 이내 교실에는 적막이 감돌았다. 나는 혼자 아까 그 상황을 되짚어 보며 자꾸만 미소가 지어져서 표정 관리를 하느라 안간힘을 썼다.

'배, 오늘 한 건 했네?'

이따가 마주할 재하 표정과 목소리가 음성 지원되면서 나도 모르게 입꼬리가 올라가고 있었다. 재하는 자꾸만 내가 해냈다는 기분이 들게 했다. 이건 내가 지리 질문을 꽤 그럴싸하게 해서도 아니었고, 반 애들의 박수에 마음이 우쭐해져서도 아니었다. 그저 아이들 무리에 이제는 나도 포함되었다는 걸 재하가 계속 알려 주고, 재하가 있는 쪽으로, 그러니까 밝은 쪽으로 이끌어 주는 게 좋았다. 재하는 방금 그 순간처럼 나에게도 말의 오고 감이 있는, 내가 무언가 표현했을 때 세상이 웃음으로 화답하는 순간을 많이 만들어 주고 있었다. 나는 그럴 때마다 세상을 처음 배운 아이처럼 모든 게 생소하고 즐거웠다. 너무 오래 잊고 지내던 일상의 당연함이지만 그게 신기해서 자리에 앉아만 있어도 가만히 행복이 밀려왔다. 그래, 그 순간 내가 느낀 감정은 분명 행복이었다. 하루 종일 반 애들의 미소와 박수 소리가 기억에 남았고 오래도록 기분이 좋았다.

재하에게 미안한 적이 많다. 괜히 혜리 일로 신경 써 주고 챙겨 주는 것 말이다. 그럴 때마다 재하는 미안해하지 말라며, 자기도 혜리랑 친한데 혼자서만 혜리랑 친하다는 착각 좀 말라고 타박하곤 했다. 재하는 다소 차가운 첫인상과는 다르게 장난스럽고 다정한 성격이었다.

무엇보다 전과 비교해 반 애들의 태도가 달라졌다. 함부로 대하는 애들이 없어졌고 '배또'에서 또라이를 뜻하는 '또'가 어느 순간 빠지기 시작했다. 혹시 누군가 "야." 혹은 "배또."라고 부르면 항상 옆에 있는 재하가 못마땅한 얼굴로 말했다.

"배한테 왜 그렇게 불러? 그냥 배라고 불러."

그럴 때마다 재하에게 그러지 좀 말라고 했지만 싫지는 않았다. 재하와 친하다는 사실만으로 때론 자랑스럽기까지 했다.

화장실을 가거나 혼자 복도를 걸을 때, 주변에서 "쟤야? 재하랑 다니는 애가?" 같은 말이 들리기도 했다. 덩달아 유명 인사가 된 이후로는 나도 많이 노력했다. 전처럼 공격적이거나 단답형으로 대답하거나 침묵으로 무시하는 행동을 줄이려고 신경 썼다. 하루하루 달성해야 하는 미션 덕에 몇몇 아이와는 말도 트고 조금씩 대화도 하는 사이가 되었다.

어느 날은 아빠가 식사를 하다가 뜬금없이 말했다.

"요즘 서인이가 많이 밝아진 것 같아서 아빠가 참 기분이 좋아."

"갑자기?"

나는 부끄러워서 얼른 얼버무렸지만, 방에 들어와 침대에 누워 그 말을 곱씹었다. 그런 말을 좀처럼 하지 않는 아빠라는 걸 알기에 참 소중한 한마디로 간직될 것 같았다.

학교생활을 열심히 하게 되면서 성적도 함께 올랐다. 나의 낮은 성적을 탐탁지 않아 하는 재하 때문에 수업 시간에 집중하려고 노력도 하고 기대를 저버리지 않게 숙제도 열심히 했다.

2부

열일곱 살 여름,
세계가 흔들렸다

*

"수면 아래 가장 반짝이는 말들만 골라서 주고 싶어."

12

나는 재하와 마주 보며 웃는 일이 많아지고 점점 등교가 기다려졌다. 1학기 기말고사를 잘 보면 같이 바다에 가기로 약속도 했고, 여름 방학 때는 재하를 따라 학교 보충도 꾸준히 나갈 예정이었다. 인천에 살아서 언제라도 버스 타고 사십 분이면 가는 바다였지만, 꼭 재하와 같이 가고 싶어서 밤샘 공부도 불사했다. 그리고 마침내 성적표가 나온 날, 나란히 하교하면서 재하에게 물었다.

"나 성적 오르면 우리 어디 가기로 하지 않았어?"

"글쎄, 어디?"

"그러게."

내가 그렇게 기다리던 당일치기 바다 여행인데 재하는 짐짓 모른 척했다. 그게 서운해, 나도 괜히 똑같이 딴청을 피웠다. 일부러 모른 척했던 건지 재하가 하하 웃으며 말을 꺼냈다.

"우리 바다 언제 갈래?"

"언제든."

"배, 이번 주말 어때?"

"그러든가."

퉁명스럽게 약속을 잡고 집에 와서는 옷장을 다 뒤집었다. 그런데도 마음에 드는 옷이 없어서 아빠를 졸라 금요일 저녁에 쇼핑도 했다. 그날 밤 자려고 누웠는데 행복해서 눈물이 조금 났다.

바다 여행 가는 날, 쇼핑한 보람이 있었는지 재하가 오늘 왜 이렇게 예쁘게 입었냐는 말을 툭 던졌다. 괜히 머쓱해서 버스 타러 가자며 말을 돌렸다. 버스를 타고 바다에 가는 동안 나란히 앉아서 많은 이야기를 나눴다. 학교에서는 편하게 나누지 못했던 혜리 이야기를 주로 했는데, 재하는 내가 기억하는 혜리의 에피소드를 들으면서 참 즐거워했다. 재하의 꿈에 나오는 혜리가 어떤 말을 했는지 자세히 듣고 싶었지만 재하는 꿈결이라 잘 기억이 안 난다고 했다.

백사장을 걸으면서 자꾸 마음이 간질거렸다. 바닷바람에 재하의 검은색 머리카락이 날렸다. 파도 소리 들리는 바다에서 오롯이 둘만의 시간을 보냈다. 한참을 걷다 해가 지기 시작하자 우리는 백사장 한편의 벤치에 앉아 말없이 노을을 봤다. 재하가 붉게 물든 하늘이 예쁘다며 감탄했다. 노을이 지고 있었고, 재하와 나 사이에는 미묘한 신뢰와 우정이 존재하고 있었다. 오래도록 궁금했던 질문을 던졌다.

"너, 나한테 잘 대해 주는 이유가 뭐야?"

"혜리."

"혜리가 꿈속에서 널 많이 괴롭혀?"

재하가 어이없다는 듯 웃었다. 뭔진 모르겠지만 웃게 했다는 사실이 뿌듯했다. 재하는 종종 날 귀엽다는 듯 대하며 웃었다. 미소를 띤 재하가 말했다.

"참 나, 그냥 나는 네가 여동생 같아서 왠지 신경 쓰여."

"여동생 있어?"

"노코멘트야."

"있지? 묘하게 꼰대 같은 이유가 있었군."

"꼰대?"

"그래, 오빠미가 있다고 해 둘게."

재하가 빤히 바라봤다. 가끔 재하의 눈빛에서 슬픔을 읽을 때가 있다. 하늘에서 물결치는 다홍색 노을로 시선을 돌리며 재하가 물었다.

"너도 예전과 다르게 나 대하는 게 좀 다르다?"

"저번에 공현우가 나한테 깐죽거리니까 네가 한마디 해 줬잖아. 또 얼마 전에 옆 반 애가 나한테 시비 걸었을 때……."

재하는 웃음소리가 허공에 울려 퍼지도록 기분 좋게 웃고는 말했다.

"애들 때문에 상처 많이 받지?"

"익숙해."

"배, 기특하다."

나는 뭐가 기특하냐고 물었고 재하는 뿌듯한 표정으로 대답했다.

"많이 밝아져서 보기 좋다."

"우리 아빠같이 말하지 마."

"공부도 열심히 하고 말이야. 나 요즘 위기의식 느끼잖아."

"대단한 건 너면서. 이번 기말고사도 우리 반 일등 하고."

내 칭찬에 재하가 민망한 듯 잠시 쑥스러워하다가 대화 주제를 돌리며 말했다.

"배, 노래 불러 봐."

"너나 불러."

"알았어. 신청곡 받아요."

"듣기 싫어. 그냥 부르지 마."

재하는 익숙한 노래를 흥얼거리기 시작했다. 노을을 바라

보며 부르다가 내 시선을 느꼈는지 고개를 돌려 눈빛을 마주하고 짓궂게 웃으며 불러 줬다. 익숙한 그 노래는 혜리가 자주 불러 주던 리리의 발라드였다. 노래를 다 부른 재하는 생각지도 못한 말을 꺼냈다.

"점 하나로 시인에서 서인이 되는 우리 배."

"그걸 어떻게…… 아, 혜리."

"주변에 시인이 장래 희망인 사람은 너밖에 없어. 자네, 시 한 수 읊어 주게나."

"시 안 쓴 지 오래됐어. 대신에 랩 해."

"랩을 한다고?"

재하가 놀라 눈을 동그랗게 뜨더니 내 볼을 손가락으로 살짝 찌르며 말했다.

"드랍 더 비트."

"랩 들으면서 웃지 마."

"웃으면서 랩 듣는 건 괜찮아?"

"아니."

취미가 랩이라고 얼떨결에 말하고 말았는데 재하가 굉장한 기대를 했다. 다시 무를 수도 없었기에 창피하지만 메모장을 켜서 적당한 랩을 찾았다. 모조리 혜리에 관련된 랩밖에 없어서 들려주기 난처했지만 비트를 틀고 용기 내어 선보였다.

all day 고되게 하루를 보낸 나에게

사람들이 수없이 돌을 던진 나에게

오, 왜? 또 왜? 상처를 주나 다쳐서는

그대를 멍하니 생각할 때에 맞춰서는

안녕, 또 안녕 참 쉬웠던 그 말을

안녕, 또 안녕 이제는 싫어졌어 그 발음

힘들었던 하루를 버티게 해 준 너는

이제는 없어 더는 내 옆의 너는 더는

아직 나의 폰에 남은 변하지 않는 프로필

알지 나는 손에 잡은 놓을 수 없는 추억이

보고 있게 해 항상 같은 사진만

보고 끄고 반복하는 나 한심한

아직 나의 폰에 남은 변하지 않는 프로필

알지 나는 손에 잡은 놓을 수 없는 추억이

보고 있게 해 항상 같은 사진만

보고 끄고 반복하는 나 한심한

랩이 끝나자 재하는 놀란 눈치였다. 연신 칭찬하며 대단하다고 치켜세워 줬다. 인정받았다는 사실에 신이 나서 이 정도는 못한 거라며 짐짓 잘난 척도 하고 사실 흉내만 내는 거라며 겸손도 떨었다. 그런 날 보고 재하는 진심을 담아 한마디 건넸다.

 "멋지다, 배서인."

 그렇게 노을이 보랏빛이 되고 어스름이 짙어질 때까지 우리는 오래도록 이야기를 나누었다. 버스에서는 서로 고개를 기대고 잠들었다. 헤어질 때는 아주 오래도록 손을 흔들었다. 그렇게 잊지 못할 당일치기 바다 여행은 끝이 났다.

 집에 와서 재하가 했던 "멋지다, 배서인."이라는 말을 계속 되새겼다. 재하는 나에게 자꾸 웃고 자주 울 것 같은 기분이 들게 하는 애였다. 그래서 재하와 있으면 지난 일을 이겨 내고 새로운 세계로 발을 내딛고 싶어지는 나를 발견하기도 했다. 오늘 재하와 갔던 바다는 혜리의 유골이 뿌려졌을 인천 앞바다였는데도.

13

  학교 여름 방학 보충이 끝나면 재하는 바로 도서관으로 가서 공부했다. 나는 재하와 조금 더 둘만 있고 싶어서 카페에서 공부하자고 제안했다. 음료는 내가 살 테니까 모르는 걸 가르쳐 달라고 조르면서까지 같이 있고 싶었다. 그래서 부담스러워하는 재하를 끌고 카페에 갔다. 도서관에서처럼 조용히 공부만 하다 오는 게 아니라 카페에서 모르는 문제를 핑계로 말 걸며 장난도 치고 싶었기 때문이다. 재하와 같이 보내는 시간을 생각하면 음룟값 정도는 언제든 낼 수 있었다. 처음에는 주저하던 재하도 점점 호의를 받아들여 주었고 대신 모르는 문제를 책임지고 가르쳐 줬다.

휘핑크림 잔뜩 올라간 음료를 시켜도 된다고 했지만 재하는 언제나 저렴한 아이스아메리카노를 시켰다. 고등학생이 무슨 커피냐고 타박도 해 봤지만 부담 주고 싶지 않은지 재하는 언제나 같은 메뉴를 골랐다. 그렇다고 재하 앞에서 우리 집은 남들보다 조금 여유 있다는 사실을 알려 주려고 넌지시 자랑 같은 걸 하거나 하진 않았다. 혜리가 했던 말을 명심하고 있었으니까.

'돈으로 만든 친구는 돈 없이는 친구로 지낼 수 없다.'

혜리랑도 돈 없이 친해졌기에 재하와도 그러고 싶었다. 돈으로 환심을 사는 대신 똑같이 아이스아메리카노를 시키는 것으로 한 걸음 더 다가갔다.

어느 날 방과 후에 평소 가던 근처 카페에 가려고 했는데 이상하게 그날따라 빈자리가 없었다. 어디를 갈지 고민하면서 걷다가 2층에 있는 공주풍 스터디 카페가 보였다. 나는 간판마저 '공주들의 공부방'인 그 카페를 가리키며 말했다.

"우리 저기 가자."

"아, 나 공주인 거 들켰네. 한번 행차 좀 해 줘야겠는걸."

"우리가 무슨 공주야."

"어, 넌 시녀인데?"

나는 재하의 등을 한 대 때리고는 같이 2층으로 올라갔다. 카페에 들어가자 곧바로 분홍색 커튼과 꽃무늬 소파가 눈에 띄었다. 방마다 통유리로 안이 보이게 되어 있어서 답답하지도 않고 방음 걱정도 없었다. 우리는 커피를 한 잔씩 받아 들고 마주 앉아 공부를 했다. 한참을 집중했을까? 어려운 문제가 있어 재하에게 내밀었다. 재하는 문제를 읽어 보더니 검정 샤프를 두 번 누르고 공책 한 장을 넘겨 백지에 표를 그려 나갔다. 차근차근 설명해 주는 재하의 긴 손가락과 낮은 목소리를 보고 듣고 있었다. 마주한 우리의 살짝 숙인 머리가 꽤 가까워 닿을 것만 같았다. 모르는 문제가 있어 이어서 물어보려는 찰나에 누군가 우리 방문을 열었다.

"설마 배서인?"

헤어스타일이 단발로 달라진 모습에 잠시 못 알아보다가 이내 온몸이 굳었다. 중학교 1학년 때 같은 반이었던 유정이였다. 유정이는 반갑다며 내 옆자리에 비집고 앉아 나와 재하를 번갈아 보며 물었다.

"어딘가 배서인이다 싶었는데 대박. 남친?"

"그냥 친구……."

나는 불안함에 시선을 가만히 두지 못하며 말했다. 위태롭게 외줄 타기 하는 기분이었다. 유정이는 반가운 척 격양된 목소리로 내 옆에서 다시 물었다.

"근데 단둘이서 만나?"

"누구? 서인이 친구?"

재하가 경계하듯 유정이에게 물었다. 유정이는 단발을 귀 뒤로 넘기며 눈웃음을 지은 채 고개를 숙여 인사했다.

"안녕하세요. 신유정이라고 합니다."

나는 아무 말도 못 하고 가만히 움츠려 있었다. 유정이는 나를 손바닥으로 호들갑스럽게 치며 너무 반갑다느니 여중 졸업하더니 남자도 만나고 여우가 다 됐다느니 혼자 신이 나서 말을 이어 갔다. 재하는 어딘지 불편해하는 표정이었지만 유정이는 방에서 나갈 줄을 몰랐다. 나는 용기를 내어 말했다.

"저기…… 나 공부하고 있어서."

"공부? 네가? 네가 공부를 한다고? 너 개 죽고 나서 수업도 안 나오고 그러지 않았어? 아— 다 잊은 거야?"

유정이는 웃긴다는 듯 소리 높여 웃었고 재하를 보며 웃음을 지우지 않고 말을 이어 갔다.

"얘 되게 유명했어요. 중학생 때 재수 없는 걸로."

"서인이가? 착한데?"

재하가 유정이를 똑바로 보면서 말했다. 그러고 보니 재하는 아까부터 나를 배라고 부르는 게 아니라 서인이라고 부르고 있었다. 유정이는 언짢아 보이는 재하에게 이 말은 꼭 해야겠다는 듯 말했다.

"그게 아니라, 아, 개 이름이 뭐였지? 이혜리?"

재하가 표정을 싹 굳히며 말했다.

"서인아. 나 물티슈 좀."

"물티슈…… 없는데……."

나는 가방을 열며 허둥지둥 대답했다. 이 상황이 너무 갑작스러웠고 눈가에 눈물이 고일 만큼 당황스러웠다. 재하가 날이 선 목소리로 말했다.

"가서 가져와. 그쪽은 서인이 나갔다 오게 자리 좀 비켜 주시고요."

나는 황망한 얼굴로 얼떨결에 방문을 열고 나왔다. 계산대로 가면서 이게 무슨 상황인가 싶었다. 많은 생각이 떠올랐지만 한 가지 분명한 건 이제 재하와는 끝이라는 사실이었다. 카페 계산대 앞에 있는 물티슈를 떨리는 손으로 몇 개 집어 들고서 그 자리에 못 박힌 듯 가만히 서 있었다. 돌아갈 엄두가 나지 않았고 모든 게 무서웠다. 잠시 후 카페 사장님이 걱정된다는 듯 물었다.

"학생, 괜찮아?"

"앗, 네……."

나는 애써 정신을 차리고 심호흡을 한 다음 방 쪽으로 발걸음을 옮겼다. 그런데 내가 있던 방에서 문이 활짝 열리더니 유정이가 문을 쾅 닫으며 나왔다. 유정이는 날 죽일 듯이 노려보며 이쪽으로 성큼성큼 걸어오더니 내 앞에 이르자 목소리를 누르며 말했다.

"배서인, 아주 잘난 친구 두셨네."

나는 무슨 말인지 몰라서 유정이가 카페 문을 열고 나간 후에도 어안이 벙벙해 있었다. 문에 달린 종소리만 '딸랑―' 하며 상황을 말해 주고 있었다. 문득 재하에게로 생각이 미치자 나는 황급히 방으로 들어갔다. 재하는 문제집과 공책을 가방 안에 넣으며 자리를 정리하고 있었다. 무슨 상황일까? 내가 없는 사이 유정이는 무슨 말을 했던 걸까? 앞으로 재하를 어떻게 봐야 하나? 재하는 나를 쳐다도 보지 않은 채로 커피 잔이 올려진 쟁반을 들고 일어나며 말을 툭 던졌다.

"가자. 정리해."

나는 뒤로 물러났고 재하는 날 스쳐서 쟁반을 들고 계산대 앞으로 걸어갔다. 나는 당황스럽고 겁나는 마음을 꾹 참고 가방을 멨다. 집으로 가는 길 내내 재하는 말이 없었다. 나는 불안하고 서럽고 무서웠다. 혜리에 대해 재하가 나를 탓하는 말이 나올까 봐 그게 두려웠다. 지금 재하의 태도가 나에게 끝을 말하고 싶은 건지도 알 수 없었다. 나는 다급한 마음에 강수를 먼저 두어야겠다 싶어서 아무 말이나 던졌다.

"나 내일부터 미션 안 할래."

내 말에도 재하는 화난 듯 아무 말 없이 걷기만 했다. 나는 재하를 보고 한 번 더 말했다.

"나 내일부터 미션 안 한다고."

"그래, 하지 마."

재하의 입에서 퉁명스러운 대답이 나왔다. 나는 재하가 나에게 왜 미션을 하기 싫은지 물어보기를 바랐을 뿐이었다. 그러면 나는 대답할 수 있었을 텐데. 사실 혜리는 나 때문에 세상을 떠난 거라고. 이제 알았으니 됐냐고. 네가 날 떠나든 말든 상관없는데 나도 지금까지 너 지겹고 짜증 났다고. 너랑 다니느라 진절머리 날 뻔했다고. 어떤 말이든 상처 줄 말을 가득 퍼부을 심산이었고 많은 말이 턱 끝까지 차올랐다. 나는 화가 나는 게 유정이 때문인지 재하 때문인지, 아니면 나 자신 때문인지 도대체 누구에게 화가 나는 건지 몰랐지만 모든 마음이 뒤섞여서 속사포처럼 내뱉었다.

"너, 나 갖고 이러는 것 좀 그만해. 억지로 친구 사귀는 걸 내가 왜 해야 해? 네 꿈에 이혜리가 나타나니까? 그게 나랑 무슨 상관인데? 너 똑바로 말해 봐. 동전 마법 거짓이지? 너 순전히 반에서 겉도는 애 있는 게 싫으니까 어디서 주워들은 혜리 소문 갖고 쇼하는 거지?"

"어, 맞아."

재하가 쌀쌀맞게 맞는다고 대답하자 정말 끝인가 싶어 조바심이 났다. 나는 서글퍼져서 더 몰아붙이기 시작했다.

"그럴 줄 알았어. 마법이 말이 되냐? 내일부터 미션이니 뭐니 다 그만해. 이제 서로 끝이야."

씩씩거리며 말을 마친 나를 재하가 걸음을 멈추고 빤히 보았다. 나는 그런 재하를 보고 같이 발걸음을 멈췄다. 나는 그저 재하가 이번에도 전처럼 농담을 던지고 아무 일 아니라고 말해 주기를 바랐다. 그러나 재하는 체념한 듯이 말했다.

"그래, 그만하자."

모든 게 끝이었다. 인정해야 했다. 애초에 나는 재하와 친하게 지내기에 어울리지 않는 애였다. 나는 혼자여야만 하는 사람이니까. 서둘러 모든 마음을 내려놓고 뒤를 돌아 겨우 몇 걸음을 옮겼을 때, 재하가 나를 불렀다.

"서인아."

내 이름이 서인이라서 다행일 정도로 재하 입에서 나온 내 이름이 그렇게 반가울 수 없었다. 나는 기대를 가지고 천천히 뒤를 돌아보았다. 재하는 잠시 하늘을 올려다보더니 결심한 듯 말했다.

"미션 끝은 내일부터라고 했잖아. 오늘까지는 해."

"어떤…… 무슨……?"

"나 따라서 말해 봐. '난 아무 잘못이 없어.'라고."

재하가 지금 어떤 마음인지, 나에게 어떤 말을 하고 싶은지 그제야 알 것 같았다. 재하가 걸어와 내 옆에 서더니 말을 이었다.

"마지막이잖아. 말해 봐. '난 아무 잘못이 없어.'"

"난…… 아무…… 잘못이…….”

"더 크게.”

"난…… 아무…….”

"난! 아무! 잘못이 없어!”

갑자기 재하가 골목이 울리도록 외쳤고 나는 놀라서 재하 입을 막았다. 옆의 담벼락 안 주택 2층에서 누군가 창문을 드르륵 열고 두리번거리다가 우리를 보더니 다시 창문을 드르륵 닫았다. 재하가 말했다.

"배, 이번에는 네 차례야. 저 사람 다시 나오게 해 봐.”

나는 마음이 짠해지는 걸 느끼며 재하보다 더 크게 외쳐 버리고 말았다.

"난! 아무! 잘못이 없어!”

내 외침이 공중으로 퍼져 나갔고 순간 응어리가 녹아내린 것처럼 속이 시원해졌다. 내 외침에 여기저기서 창문이 드르륵드르륵 열리기 시작하자 우리는 깔깔거리면서 달렸다. 골목길을 달려 벗어나도 웃음은 계속 서로의 입가에 머물러 있었다. 재하에게 어떻게 고맙다고 말해야 할지 고민하면서 재하를 불렀다. 그러나 이름을 부르고서는 목이 메어 아무 말도 못하고 있었다. 그런 나에게 재하가 말했다.

"이건 분명히 하고 싶었어. 넌 아무 잘못이 없어.”

나는 그 자리에 서서 이를 꽉 깨물고 고개를 푹 숙였다. 그러자 재하가 허리를 낮춰서 고개 숙인 나와 눈을 맞춰 주며 말했다.

"야, 우냐?"

내가 짜증 난다는 표정으로 재하 등을 때리려 하자 재하는 웃으며 피했다. 재하의 웃는 얼굴에 나도 "치—." 하고 웃어 버릴 수밖에 없었다. 그러고는 재하를 보며 나지막이 불렀다.

"재하야."

그리고 다시 아무 말도 하지 못했다. 그 순간 조용히 인정할 수밖에 없었으니까. 재하라는 이름이 사랑한다는 말과 같은 말이 되리라는 것을. 그래서 이제부터 재하 이름을 더 자주 부르게 되리라는 것을. 재하야. 재하야. 재하야. 내가 입술을 움직여 너를 부르면 너는 다정하게 나를 봐 주겠지. 지금 같은 눈빛으로 나를. 나는 아까 재하에게 끝을 말하고 말았지만 어떻게 우리가 끝일 수 있을까? 내 첫사랑의 시작을 어떻게 끝이라고 말할 수 있을까?

14

재하는 나를 어떻게 생각할까 싶어 마음을 앓은 밤이 수도 없이 많이 쌓여 가는 여름이었다. 올해 여름은 살면서 공부를 가장 열심히 한 계절, 살면서 누군가를 가장 열심히 사랑한 계절이 되어 가는 중이었다.

오늘도 어김없이 재하와 카페에서 공부를 했다. 재하가 날 보는 게 느껴졌지만 나는 고개를 들지 않았다. 나를 더 봐 주었으면 싶고 재하가 나를 더 생각해 줬으면 싶었다. 나를 물끄러미 보던 재하가 말했다.

"배, 요즘 진짜 열심히 하네? 전보다 더 열심히 하는 게 보여."

"왜인지 알아? 잘생긴 사람 이렇게 오래 마주 보고 싶어서 열심히 하잖아."

재하는 미소를 숨기지 못했다. 나도 똑같이 입가에 미소가 지어졌다. 요즘 내가 재하에게 무심코 하게 되는 말 한 마디 한 마디는 꽃잎이 한 장, 두 장 세상을 향해 고개를 내미는 것처럼 피어났다. 참으려고 해도 꽃망울이 터져 흐드러지듯이 일상 대화도 한 아름 향기롭게 건네졌다. 그건 계절의 변화처럼 자연스러운 일이었다. 마음이 따뜻해지니까 봄맞이하듯 말에 꽃이 피는 건 당연할지도 몰랐다. 자꾸 장난치고 싶어서 재하에게 다시금 농담을 던졌다.

"궁금한 거 있어. 잘생긴 남자로 사는 기분은 어때?"

"배, 진짜 그만하자. 왜 자꾸 그런 말을 해?"

"거울 없어? 줄까?"

"세상 도도하던 애가, 진짜 알 수가 없어."

재하가 잠시 망설이다 덧붙였다.

"말 예쁘게 하는 건 고마운데 분명 이러지 말라고 여러 번 말했다?"

"나중에 상처받아도 돼. 다른 걸 많이 받아서."

"배, 이러다가 고 2 되어서 반 갈리면 어쩔 건데?"

"음……, 생각하기도 싫지만 결국엔 받아들여야지. 살면서 지금만 접점으로 닿는다고 해도 괜찮아. 이렇게나 멋진 사람이 내 삶에 점을 찍고 가 준 것만으로도 오래도록 자랑스러울 테니까."

"배 장래 희망이 시인이었던 게 아니라 시인이 배 지망생 해야겠네."

재하는 내가 하는 말들을 엉뚱하다고 생각하지 않고 독특하다고 여겼다. 그래서 재하 앞에서만 나오는 말들이 내 입술을 타고 재하에게 가닿는 것이 좋았다. 내가 하는 말이 예쁘다는 재하의 말에 용기를 더 내어 머릿속에 그려지는 시상을 말로 풀었다.

"자꾸 칭찬해 주니까……. 아, 아니야."

"왜? 말해 봐."

"그냥…… 내 말이 조약돌 같아져."

"조약돌 같아져?"

"수면 아래 가장 반짝이는 말들만 골라서 말하고 싶어져. 가장 소담한 단어들을 오밀조밀 담아서 주고 싶어."

재하는 이번에도 싫지 않은지 씩 웃었다. 실제로 이런 말들은 모아 놓으면 조약돌처럼 자그락자그락 예쁜 소리가 나는 것 같았다. 내가 고른 동그랗고 반질반질한 말들이 재하에게 잘 전해져 다른 사람에게서는 받을 수 없는 특별한 선물이 되었으면 했다. 그래서 재하가 세상 살다가 스스로 아무것도 아닌 것 같을 때, 바람 한 점에 먼지처럼 날아가 버릴 것 같을 때,

내가 준 말들을 떠올리며 힘을 냈으면 했다. 재하가 손에 꼭 쥐고 중심을 잡을 수 있는 말. 그런 말이 뭐가 있을까 고민하고 자꾸 들려주고 싶었다.

이런 말을 할 때마다 재하는 듣기 좋은지 말없이 쑥스러운 미소만 짓곤 했다. 재하와 시선이 맞닿으면 마음속 심연에 동심원이 일었다. 그러면서도 재하의 생각을 알기 두려웠다. 재하에게 건네는 모든 말들을 따라 쭉 걸어가면 결국은 고백에 닿았기 때문이었다. 사랑한다는 말만 안 들어간 사랑한다는 말. 이러지 말아야지 하면서도 재하의 맑은 눈빛이나 손으로 쓸어 보고 싶은 콧날, 카페 창가에서의 노란 노을이 얹힌 한쪽 어깨를 보면 자꾸만 마음의 단서를 내밀게 되었다.

열네 살 겨울, 혜리를 잃은 뒤 내 시간은 줄곧 멈춰 있었다. 열일곱 살 여름, 재하를 마주 본 내 귓가에 예고 없이 똑딱똑딱 초침 흐르는 소리가 들리는 것 같았다. 소리는 작았지만, 온 세계를 흔들기에 충분했다.

재하와 카페에서 공부를 마치고 늦은 시간에 나오자 여름 밤공기가 선선했다. 재하와 나란히 걸으며 오늘을 잊지 않으리라 다짐했다. 오늘의 분위기, 서로를 웃게 한 농담, 재하의 목소리, 날 보는 눈빛까지 소중해서 모두 기억하고 싶었다. 이런 다짐은 사실 매일 하는 다짐이었다. 매일 잊고 싶지 않은 날들의 연속이었으니까.

재하가 오늘은 생활용품점에서 살 게 있다며 일찍 손을 흔들었다. 헤어지기 싫어서 마침 나도 살 게 있다고 했다. 횡설수설하며 뜬금없이 빨래 바구니를 사야 한다고 하자 재하가 웃음을 지었다. 굳이 말하지 않아도 서로의 형편을 짐작하고 있었기에, 우리 집 빨래는 가사도우미 이모가 해 준다는 걸 아는 재하가 내 의중을 모를 리 없었다. 얼굴이 달아올라서 얼른 앞장서 씩씩한 걸음으로 생활용품점으로 향했다.

재하와 생활용품점에 들러서 물건 찾으러 돌아다니고 이것저것 구경하니까 같이 장 보는 신혼부부 같았다. 문득 재하와 결혼하게 되면 얼마나 행복할까 싶은, 말도 안 되는 생각까지 들어 고개를 도리도리 젓기도 했다. 필요한 걸 다 사고 나와 어느 주택가 골목길을 걸었다. 생활용품점에 들르느라 평소 다니던 길이 아닌 낯선 길이었다. 둘이서 걷는데 담벼락에 핀 커다란 꽃을 보며 재하가 말했다.

"능소화네."

"그걸 어떻게 알아?"

"우리 엄마가 좋아하시는 꽃."

"그럼 하나 따."

"배, 인성 무슨 일?"

재하는 카메라로 사진을 찍어 엄마에게 보내겠다며 잠시 걸음을 멈췄다. 꽃을 따는 사소한 일도 조심스러워하는 모습이 순수했고 엄마가 좋아하는 꽃을 열일곱 살 남자애가 기억하고 있다는 것도 의외였다. 섬세한 챙김을 받는 재하네 엄마가 부러워서 너희 어머니는 좋으시겠다고 넌지시 말했다. 왜냐는 물음에 차마 네 챙김 받는 게 부러워서라고 대답하지 못하고 우물쭈물하다가 뜬금없는 대답을 했다.

"아들이 공부 잘해서."

"배, 너희 아버지도 좋으시겠다."

"딸이 랩 잘해서?"

"아니, 예뻐서."

"나…… 난 예쁘지 않아."

"무슨 소리야? 아버지 본인이 예쁘셔서 좋으시겠다고."

또 별것 아닌 짓궂은 농담에 터져서 서로 웃다가 우리는 잠시 말없이 걸었다. 기분 좋은 여름밤이었다. 생각이 통했는지 마침 재하가 말을 꺼냈다.

"밤공기 좋다. 오랜만에 배 랩이 듣고 싶네?"

"번호표 뽑고 기다려. 카네기 홀 먼저 들르고."

"카네기 홀이 뭔지도 모르네. 카네기 홀에서 랩 한다는 배를 어쩔까?"

재하 말투가 다정해서 또 미소가 지어졌다. 클래식 공연장으로 유명한 카네기 홀에서 실제로 어느 래퍼가 공연한 적 있다고는 알고 있지만 굳이 아는 척하고 싶지 않았다. 바보가 되어도 좋은 이 마음은 뭔가? 그저 얼른 랩을 들려주고 싶어서 핸드폰에서 비트를 틀고 목을 큼큼 가다듬고는 가사를 보며 시작했다.

시린 마음으로 다니던 내가 달라졌지
널 만나고 달라졌어 네 진심이 날 바꿨어
넌 다른 사람들과 달리 만날 때마다 날 따뜻이 데워 줘
내가 말을 예쁘게 해? 모두 네 덕분에 그런 거지 나는 그래
나의 삶에 푸른 싹이 돋아 매일 입가에 조각달이 걸려 그렇게
생기는 돌고 내 하루에 행복이 퍼져 내 손끝에
생기는 돌고 내 하루에 행복이 퍼져 내 손끝에

랩이 끝나자 재하가 언제나처럼 열렬한 호응을 해 줬다. 요즘은 아무리 틀어막으려 해도 자주 마음이 새어 나가서 나는 참지 못하고 이런 말을 하고 말았다.

"그거 알아? 여자애들이 너 많이 좋아해."

"관심 없어."

관심 없다는 말에 불안하던 마음이 놓였다. 그러면 어느 누구에게도 관심 없냐고 단도직입으로 묻고 싶었지만 차마 그러지 못해서 돌려 말했다.

"넌 자기 자신밖에는 눈에 차는 사람이 없겠다."

"근데 나도 나를 그다지 안 좋아해서."

"음…… 재하야, 그래도 결국 너는 너를 좋아하게 될 거야."

의아한 듯 의문을 담아 나와 눈을 맞춰 주는 재하에게 용기를 내어 말했다.

"사랑스러운 사람은 마침내 모두에게 사랑받게 되어 있어. 왜 널 사랑하는 모두에서 너 자신은 예외일 거라고 생각해?"

"서인아."

재하는 걸음을 멈췄고 조금 앞서 멈춘 나는 재하를 돌아봤다. 재하는 그저 복잡한 표정으로 나를 바라보고 있었다. 겁이 나서 장난스러운 말투로 얼른 물었다.

"내, 내가 널 좋아하기라도 할까 봐 그러냐? 다 빈말인데 몰랐지?"

"나한테 이러면 안 돼."

더 이상 아무 말도 할 수 없는 나를 두고 재하가 덧붙였다.

"나는 너 여동생 같은 마음으로만 생각해."

순간 불에 덴 듯 정신이 들었다. 급한 일이 있어서 가야겠다며 재하에게 손을 흔들고 앞만 보며 뛰었다.

15

    "안녕? 내 이름은 이혜리고 쌍둥이야. 취미는 노래 부르기. 그러니까 오늘부로 다들 나랑 노래방 한 번씩 가야 해. 약속한 거다?"

    교탁 앞에서 예쁘장하게 생긴 애가 명랑하게 자기소개를 시작하고 있었다. 교실을 한 바퀴 둘러보며 시선까지 맞추면서 말이다. 여유 있는 미소와 자신감 있는 말투에 교실에는 조용한 감탄이 감돈다. 고개를 푹 숙이고 앉아 있던 나마저 홀린 듯이 집중하고 있다. 자연스럽게 아까의 내 자기소개가 생각났고 부끄러움이 밀려들었다. 내 자기소개는 단 한 줄이었다.

    "안녕나는배서인잘부탁해."

고개를 푹 숙인 채 좔좔 내뱉고 황급히 들어가려 몸을 돌리자 선생님이 "잠깐." 하며 날 불러 세웠다. 들어가다 말고 그 자리에 얼어붙어서 엉거주춤 멈춰 서자, 선생님은 예리한 눈초리로 안경을 밀어 올리며 물었다.

"얘, 잠깐만. 그게 끝이니? 네 이름이 뭐라고?"

"배서인이요."

"뭐? 박서진?"

선생님의 되묻는 목소리가 날카로웠다. 누군가 "배서인이래요!"라고 대신 외쳐 주자 선생님이 알았다는 듯 고개를 끄덕이고는 종이에 뭔가를 적기 시작했다. 열심히 무언가를 적던 선생님이 날 힐끗 보며 고개를 절레절레 젓고는 다음을 외쳤다. 눈치를 보며 슬그머니 자리로 돌아오니 심장이 쿵쾅거리고 얼굴이 달아올랐다. 어릴 적부터 자기소개나 발표 같은 상황이 너무 싫었다. 살면서 지금까지 수업 시간에 손 들고 질문해 본 적도 없고, 수업 시간이 끝나도 책을 가지고 가서 선생님에게 질문해 본 적도 없다. 오늘처럼 새 학기 자기소개 시간이 오면 도망가고 싶을 뿐이다.

반면에 지금 저 이혜리라는 애는 농담까지 섞어 가면서 1분 넘게 자기소개를 하고 있었다. 반 애들도 웃으며 호응해 주는 모습을 보니 딱 알 것 같았다. 애 포지션은 '매사에 딱 부러지는 애'구나 하고. 이런 포지션은 나와 거리가 멀었다. '무언가

한 가지라도 잘하는 애' 혹은 '잘 노는 애' 같은 포지션도 내 차지는 아니었다.

그 다음 주 체육 시간이 되어 체육복을 입고 운동장으로 나갔다. 체육 선생님은 학기초니까 친해질 겸 하고 싶은 걸 말하라고 했다. 그때 첫날부터 튀던 지나가 경쾌하게 외쳤다.

"피구 해요! 와, 감사합니다!"

체육 선생님의 대답을 듣기도 전에 지나는 감사를 외쳤다. 체육 선생님은 지나를 버릇없다고 혼내기는커녕 못 말리겠다는 듯한 얼굴로 호루라기를 불어 모두를 집중시키고 지나를 향해 말했다.

"보니까 네가 대장 같은데, 애들 잘 모아서 할 수 있어?"

"네! 진짜 피구 안 하겠다는 애들 있기만 해 봐!"

지나가 호언장담하며 대답했고 유정이가 지나 말이 끝나자마자 우리를 돌아보며 외쳤다.

"지나 말 들었지? 누구는 열심히 체육 활동 하는데 눈치 없이 스탠드에서 노가리 까고 그러지 말기다! 협조하기다!"

유정이는 지나 말을 갈무리하는 역할을 맡는 모양이었다. 유정이 말에 여기저기서 고개가 끄덕여지고 알겠다는 외침이 들려왔다. 지나가 애들에게 라인기를 가져오라고 시켰다. 지나의 말이 끝나기가 무섭게 애들이 체육 창고로 뛰어갔다. 반을 일사천리로 단합하게 만드는 지나의 모습에 체육 선생님은 흡족한 듯 미소 지었다. 체육 선생님은 그 미소를 거두지 않은 채 지나에게 가서 말을 걸었다.

"이름이 김지나 맞지? 내 이름은 뭔지 아냐?"

"체육이요."

"체육 선생님도 아니고 체육? 저, 저거, 아이고."

지나 같은 애들한테는 학생이 선생님에게 장난을 걸려고 먼저 다가가는 게 아니라 오히려 선생님들이 다가와 장난을 걸었다. 그리고 까불거리고 조금은 선 넘는 모습도 허용하고는 했다. 아이들이 연두색 기계를 끌고 왔다. 곧이어 피구 경기장이 그려지고 지나와 유정이를 주축으로 팀이 꾸려졌다. 가위바위보를 해서 한 명씩 차출하는 방식이었다. 한 명씩 이름이 불리는 가운데, 나는 거의 마지막까지 남아 있게 되어 조바심이 나기 시작했다. 몇 명 안 남자 간절한 눈으로 유정이를 쳐다보는 수밖에 없었다. 방법이 통했는지 유정이는 선심 쓴다는 듯 내 이름을 불렀고 간신히 맨 마지막까지 남는 건 피할 수 있었다.

피구가 시작되고 공을 피해 이리저리 도망쳤다. 공이 휙휙 지나가는데 얼굴에 맞을까 봐 무서웠다. 가뜩이나 운동 신경도 없어서 체육 시간이 달갑지 않은 나와 까르르거리며 경기장 안을 뛰어다니는 애들은 거리가 멀었다. 공이 어깨 가까이를 스치자 순간적으로 몸을 움츠려 가까스로 피했다. 그러자 지나가 나에게 외쳤다.

"야! 너 나가. 공 맞았잖아."

"나? 안 맞았어."

"맞았잖아! 왜 안 맞은 척해? 나가라고!"

공이 저 멀리로 나가 경기가 잠시 중단된 상황이었다. 모두의 눈초리가 나를 향하고 있었고 어찌해야 할 바를 몰라 우물쭈물할 수밖에 없었다. 당황스러워 눈치를 보다가 선 밖으로 나가자 갑자기 누군가 내 팔을 잡았다. 내 팔을 잡은 건 이혜리였고 이렇게 가까이에서 이혜리를 마주 본 건 처음이었다. 당황스러워서 이혜리 얼굴만 빤히 보고 있는 나에게 이혜리가 물었다.

"잠깐만. 너 공 맞았어? 왜 나가?"

"지나가 나가라고 해서……."

"안 맞았으면 안 나가는 거지. 잠깐만. 야, 김지나! 얘 공 안 맞았어."

지나를 김지나라고 부르는 것도 놀랐지만 나에게 와서 이런 말을 건넨다는 것도 놀라웠다. 김지나라고 성을 붙여 부르는 호칭에 지나도 기분이 나빴는지 언성을 높이며 말했다.

"지도 맞았으니까 나간 거 아냐! 안 맞았으면 왜 나가? 말이 되냐?"

이혜리가 잠깐만 있으라며 팔을 잡은 손을 풀었다. 그리고는 체육 선생님에게 가서 항의를 시작했다. 그러나 체육 선생님은 귀찮다는 듯 호루라기를 한번 불고 말했다.

"자, 됐고. 이미 나갔으면 깔끔하게 인정해. 누가 공 주워 왔다. 다시 시작!"

공이 경기장에 들어옴과 동시에 피구는 다시 시작되었고 지나는 얼굴에 의기양양한 미소를 지었다. 우리 팀 애들은 수군거리며 나를 짜증 난다는 듯이 쳐다보았다. 이혜리는 한숨을 한 번 쉬더니 경기가 다시 시작되자 공을 바로 패스 받았다. 그러고는 아무 망설임 없이 곧장 지나를 향해 던졌다. 공은 지나 뒤통수에 명중했고 체육 선생님의 호루라기 소리에 경기가 중단되었다. 심판을 보던 체육 선생님은 화를 냈다.

"체육 활동이라는 건 스포츠맨십이 있어야 해. 상대를 존중하는 마음이 가장 중요하단 말이야, 알아들어? 야, 너! 이름이 뭐야?"

"이혜리요."

"아, 네가 3반 이혜리야?"

무섭게 몰아세우던 체육 선생님은 이혜리의 이름을 듣자 태도가 돌변해서 그저 허허 웃었다. 그러고는 씩씩거리는 지나에게 가서 어깨를 툭 쳤다. 안전사고는 각자가 주의해야 하는 거라는 말도 덧붙이면서 말이다. 타임을 외치는 체육 선생님 말에 반 애들은 스탠드로 삼삼오오 몰려갔다. 시계를 보니 수업 시간이 거의 끝나 가고 있었다. 경기가 다시 시작되지 않음에 안심하며 스탠드로 걸어가는데 지나와 유정이가 나를 무섭게 째려보며 걸어왔다. 이혜리가 아니라 나를 향한 눈빛에 심장이 덜컹 내려앉았다. 그래서 못 본 척하며 스탠드로 빠르게 걸음을 옮겼다. 나는 영문도 모른 채 불안해하며 주눅 든 모습으로 남은 시간을 스탠드에 앉아 있었다. 자꾸 그 눈빛이 생각나 잘못한 일이 뭔지 계속 되짚어 보며 보낼 수밖에 없었다. 반으로 돌아와 체육복을 갈아입는데 유정이가 교실 앞에 나가서 외쳤다.

"야! 반장 선거 때 다들 지나 뽑는 거 알지?"

반 애들 중 몇몇이 알겠다고 대답했지만 지나는 충분하지 않다고 느꼈는지 직접 앞으로 걸어 나오며 외쳤다.

"야, 대답 안 하는 애들 누구냐? 다들 대답해!"

이쯤 되자 모두가 한목소리로 알겠다고 외쳤다. 반응이 만족스러웠는지 지나는 혼자 낄낄거리면서 말했다.

"임시 반장 꺼지고! 아니, 수고했고! 표에 이름 적을 때 짝꿍끼리 서로 인증해라."

"지나 말 들었지?"

유정이의 말에 이번에도 애들 여럿이 알았다고 외쳤다. 추가로 지나는 짝한테 인증 안 하거나 다른 애 이름 써내는 애는 다 찾아낼 거라고 엄포를 놓고서야 교탁 앞을 떠났다.

반장 선거가 시작되었고 지나는 나가서 별말도 안 했다. 그저 낄낄거리며 "나 뽑아라." 하고 들어간 게 전부였다. 담임 선생님도 "에이그." 하고는 별말은 없었다. 반장 후보로 추천된 다른 애는 전교 1등인 임시 반장이었다. 그 애 또한 많은 말을 하지는 않았다. 그저 옆에 있는 지나 눈치를 힐끗 보더니 "물론 뽑아 주면 마음은 고맙게 받겠지만 더 잘할 수 있는 사람이 되는 게 맞다고 생각해."라는 말만 조용히 남겼다. 개표 결과는, 만장일치는 아니었지만 지나가 우세였다. 쉬는 시간이 되자 지나는 반장이 되어 기분이 좋은지 장난스러운 목소리로 외쳤다.

"야, 내 이름 안 쓴 애들 필체 보고 다 찾아낸다. 다들 공책 펴!"

반에는 가벼운 웃음이 일었고 지나는 선생님이 들고 다니는 막대기를 반 애들 눈앞에서 흔들고 다녔다. 그 순간 이혜리가 외쳤다.

"내가 다른 애 썼는데, 왜?"

순간 반에 미묘한 정적이 감돌았다. 그때 지나 얼굴에 여러 가지 감정이 스치면서 표정이 일그러졌다. 지나가 선택한 것은 의외의 방법이었다. 지나는 금방이라도 때리러 갈 것처럼 이혜리를 향해 막대기를 흔들어 대는 쇼맨십을 보였다. 유정이는 지나 팔을 잡고서 우스꽝스럽게 말리는 척을 했다. 아이들이 정말 웃겨서 웃는 건지 모를 웃음을 와하하 내밀었다. 오직 이혜리만 그 속에서 똑바로 지나의 시선을 마주하며 웃지 않았다. 그런 애가 혜리였다.

16

    집에 도착해서 자려고 누웠지만 바로 잠을 이루지 못하고 뒤척였다. 속상하고 창피하고 내일이 안 왔으면 좋겠다는 마음이 뒤섞여서 결국 한숨도 못 자고 밤을 새고 말았다. 새벽 네 시가 될 무렵 내린 결론은 어떻게든 전처럼 재하와 친구로라도 지내야 한다는 생각이었다. 재하가 나를 떠나갈까 봐 두려웠다. 무엇보다 재하가 없는 예전과 같은 삶은 상상하기도 힘들었다. 재하와 친구로 남으려면 다시는 마음이 새 나가지 않도록 이제부터 더욱 안간힘을 써야 했다.

    학교에서도 카페에서도 우리는 말이 없었다. 어색함 속에서 손만 스쳐도 서로 깜짝 놀라곤 했다. 그런 상황이 반복되자, 나는 답답한 마음에 먼저 말을 건넸다.

"재하야, 나 너 좋아하는 거 아니야. 그냥…… 나는 널 좋아해."

"배, 하나만 해."

"나를 여동생 같은 마음으로 좋아한다며? 나는 팬의 마음으로 너를 좋아하는 거야."

내가 기어들어 가는 목소리로 쭈구리같이 말하자 재하가 잠깐 생각에 잠기더니 가방에서 뭔가를 주섬주섬 꺼내면서 물었다.

"서인아, 내가 생각해 봤는데 너 여기 나가 볼래?"

"틴 스웨거? 랩…… 배틀?"

"나도 네 팬이 되게 해 줘."

나는 전단을 받아 들고 천천히 읽어 보았다. 인천에서 열리는 지역 사회 축제 코너였다. 랩 배틀을 통해 우승자를 가려내는 행사였다. 나는 말도 안 된다며 전단을 접어 다시 내밀었다. 그러자 재하가 나를 빤히 보며 말했다.

"나가."

"아니, 말이 안 되잖아. 날 너무 과대평가하고 있는 거 아니야? 나 분명 웃음거리 될 거야!"

"나가 봐."

나는 어이가 없어서 재하를 마주 보았다. 재하 표정은 진지

했고 나는 떨떠름하게 물었다.

"내가 왜 나가기를 바라?"

"나 없이도 네가 의지하고 나아갈 수 있는 게 뭘까 싶었어. 너 랩 해야 해. 지금처럼 숨어서 말고 남들 앞에서 인정받으면서."

재하의 말에 나는 할 말을 잃고 '틴 스웨거' 전단만 보았다. 우승 무대와 지역 방송 인터뷰 같은 내용들이 쓰여 있었다. 물론 재하도 이제 학년이 올라갈수록 공부하느라 바빠져서 더 이상 지금처럼 내 공부를 봐 줄 수 없을 것이다. 새 학년이 되면 반도 갈릴 게 분명했고 지금처럼 친하게 지내기도 힘들 것이다. 다 알고 있는 사실인데도 그저 재하가 나를 떠날 준비를 한다는 게 마음을 아프게 했다.

생각해 보면 재하에게는 나 같은 애보다는 봄 같은 애가 더 잘 어울렸다. 예쁘고 공부 잘하고 잘난 애. 그에 반해 나는 잘하는 게 뭐가 있지? 생각해 보자 내가 유일하게 잘하는 건 랩밖에 없다는 사실을 깨달았다. 나는 '틴 스웨거' 전단을 한 번 더 봤다. 여기서 우승하면 나도 잘난 애가 될까? 재하가 나의 자랑이듯이 나도 재하의 자랑이 될 수 있을까? 나는 재하를 보며 말했다.

"그래, 나갈 거야."

재하가 기다렸다는 듯이 하이 파이브를 청했다. 나도 손을 들어 '짝!' 하고 하이 파이브를 했다. 재하가 나를 보며 흐뭇하게 웃었고 나도 피식 웃어 보였다.

'틴 스웨거'에 나가겠다고는 했지만 도저히 용기가 안 나서 포기할까 몇 번을 괴로워했다. 그러나 재하에게 차마 그런 말을 할 수가 없어 어떻게든 나 스스로 상황을 역전할 방법을 찾아야 했다. 유튜브에서 아마추어 랩 공연을 찾다 보니까 버스킹 영상들이 심심찮게 눈에 띄었다. 나는 장비들을 마련해 버스킹 계획을 세웠다.

재하에게도 비밀로 하고 방과 후에 역 근처 작은 광장에 가서 장비를 연결했다. 그리고 비트를 틀었는데 광장에 비트가 울려 퍼지는 순간 모두가 나를 돌아봤다. 나는 깜짝 놀라서 바로 비트를 껐다. 비트를 다시 트는 것도 힘들어서 한참을 주저하다가, 근처에 앉아 있다가, 돌아다니다가 정리하려고 하다가…… 그러다 정말 눈 딱 감고 한번 해 보자는 마음에 마이크를 잡고 랩을 시작했다. 사람들이 볼까 봐 고개를 푹 숙이고 머리카락으로 얼굴을 다 가린 채 기어들어 가는 목소리로 떠듬떠듬 랩을 마쳤다. 나 스스로가 너무 볼품없고 초라해서 울고 싶은 마음뿐이었다.

나는 그대로 한참을 서 있다가 시간을 보기 위해 무의식적으로 핸드폰을 켰고 이내 질겁할 수밖에 없었다. 반 단톡방에 내가 광장에서 랩 하는 동영상이 촬영되어 올라온 것이다. 모두가 봤는지 단톡방은 'ㅋㅋㅋㅋㅋㅋㅋㅋㅋㅋ'로 도배되어 있었다. 순간 섬찟한 기분에 온몸이 차가워지며 입술이 떨렸다.

17

    3년 전 그때. 나에게도 포지션이 생겼다. 그건 바로 '집 잘사는 애.' 그 덕분인지 지나 무리에도 들 수 있었다.

    교실에 도착해 문을 드르륵 열고 들어가자 모두의 시선이 내 손에 들린 케이크에 머물렀다. 그 시선을 느끼며 가방도 내리지 않고 곧장 주희한테 가서 케이크를 내밀며 말했다.

    "생일 축하해!"

    "이거 나한테 주는 거야? 고마워! 받아도 되는 거지?"

    주희 얼굴에 함박꽃이 피었다. 주변 애들이 피라냐 떼처럼 몰려들어 감탄하기 시작했다. 바글바글 몰려든 애들이 날 두고 말하는 만수르니, 다이아몬드 수저니 하는 말들이 듣기 좋

았다. 그래서 "내 생일 때도 챙겨 줄 거지?"라고 확인받는 떼
거지들한테 웃음 띤 얼굴로 고개를 끄덕여 줬다. 그러자 유정
이가 들으라는 듯 말했다.

"아, 시끄러워. 웬 난리래?"

순간 주변 애들이 무의식중에 서로 시선을 교환했다. 유정
이가 무서워서 나도 주희에게 고맙다는 눈인사만 한 번 더 받
고 그저 조용히 자리로 가서 앉았다.

아침 시간이 유난히 길었다. 아까의 고마운 순간은 다 지나
갔는지 주희는 그저 자기 친구들이랑 떠들고 있었다. 케이크
까지 다 전해 준 마당에 괜히 가서 또 이런저런 말을 걸 수도
없었다. 유정이와 지나 그리고 다른 애들은 자기들끼리 모여
서 놀고 있었다. 지나와 지나 무리의 다른 아이들은 나에게 말
을 걸 수 있었지만 나는 그 애들에게 말을 잘 걸지 못했다. 그
때 지나가 날 못마땅하게 보며 유정이한테 말을 걸었다.

"야, 쟤 뭘 꼬라봐?"

"배서인 뭐야?"

유정이가 묻자 놀라서 황급히 시선을 돌렸다. 시선을 책상
에 내린 채 주눅 든 마음으로 그저 선생님을 기다렸다. 아침의
소란이 지나가고 오전 수업이 끝난 후, 모두 끼리끼리 모여서
수다 떨고 있는 점심시간이 되어도 상황은 변하지 않았다. 혼
자 자리에 앉아 두리번거렸지만 말 걸 사람이 없었다. 그때 뒷

자리 애들이 하는 말이 귀에 들어왔다.

"야, 직캠 중에 이거 봤냐? 대박 은혜로워."

"화질 쩐다. 땀방울도 보여."

"카메라가 좋은 거라서 그런가?"

카메라 이야기에 귀가 쫑긋하며 반응하기 시작했다. 잠시 듣다가 용기 내어 대화에 끼어들기 위해 허리를 돌렸다. 눈이 마주친 바로 뒷자리 아이에게 말을 걸었다.

"저기…… 카메라 얘기하는 거지?"

"아, 응."

"카메라 성능이 좋으면 화질 좋게 나오기는 해. 나 그래서 이번에 카메라 새로 샀는데……."

"어, 근데 우리끼리 지금 얘기하고 있잖아."

너무나도 차가운 반응에 더 이상 아무 말 못 하고 움츠러들었다. 뒷자리 대각선에 앉은 애는 자기 짝꿍이 너무한다 싶었는지, 화제를 돌리기 위해서 괜히 날씨 이야기를 꺼냈다.

"아, 너무 덥다. 너무 덥지 않냐?"

다시 한번 대화를 청해 볼 수 있는 기회였다. 눈치를 보다가 짐짓 활발하게 한 번 더 말을 걸어 봤다.

"저기…… 혹시 우리 셋이 오늘 빙수 먹으러 갈래?"

갑작스러운 제안이었는지 뒷자리 여자애 둘이서 아무 말이 없었다. 그때 빙수 이야기가 다른 데까지 들렸는지 지나가 저벅저벅 걸어와 내 옆에 서더니 말했다.

"야, 왜 애네만 사 줘? 우리는 안 덥냐?"

"으응?"

황급히 지나를 올려다보자 지나가 똑바로 처다보고 있었다. 몇 초간 얼어 있다가 눈을 깜빡이며 할 대답을 고르고 있는데 지나가 말했다.

"빙수, 반에 돌려. 저번에 돌렸던 것처럼."

"으……응?"

"야, 빨리 말해. 반에 빙수 돌릴 거지?"

할 말을 찾지 못한 채 도움을 요청하려고 주변을 둘러보았다. 목소리 큰 지나 덕분에 마주한 건 반 애들의 기대를 담은 눈빛이었다. 어떤 애는 소리 내어 "제발……."이라는 바람까지 전달하고 있었다. 애초에 선택지는 하나밖에 없었기에 마지못해 고개를 끄덕였다. 지나는 신이 나서 교탁 앞으로 나가 교탁을 두드리고는 쩌렁쩌렁 외쳤다.

"야! 배서인이 내일 교실에 빙수 돌린대!"

지나의 의기양양한 미소와 함께 반에서는 박수와 환호가 나왔다. 환호 속에 "역시, 지나!"같은 환호도 섞여 있었다. 빙숫값을 부담하는 건 지나가 아닌데 지나가 환호를 받는 상황에 심장이 따끔거려 왔다. 깊이 생각할 틈도 없이 뒷자리에서 말을 걸어왔다.

"우리 내일 빙수 먹겠네? 근데 카메라 뭐로 샀어? 가져왔어?"

아까와는 다르게 선심 쓴다는 듯 부드러운 태도였다. 바로 달라진 태도에 빙수를 쏘는 게 잘못된 것만은 아닐 거라고 스스로를 다독였다. 어쩌면 반에서 받아들여지고 '잘사는 애' 포지션을 공고히 하는 과정일 수도 있을 테니까 말이다.

애써 웃으며 가방에서 카메라를 꺼내 보여 주었다. 아빠가 얼마 전에 사 준 전문가용 최신형 카메라였다. 물론 학교에 들고 올 필요가 있을까 싶기도 했다. 그러나 학교에 들고 와 반 애들 앞에서 보여 주면 적어도 말로만 잘산다고 떠벌리고 다니는 애처럼은 안 보일 것 같기도 했다. 가방에서 카메라를 꺼내 들자 역시 뒷자리 애들이 감탄하면서 물었다.

"구경해도 돼?"

"응. 그런데 조심히 다뤄야 해. 왜냐면 전문가용……."

말이 끝나기도 전에 뒷자리 애는 카메라를 내 손에서 휙 채간 후, 카메라 버튼을 이것저것 눌러 보기 시작했다. 기분이 나빠지려 했지만 불쾌한 티를 내거나 예민하게 행동하면 뒤에서 험담이 나올 것 같아 인내심 있게 기다렸다.

뒷자리 애들이 카메라의 대략적인 사용법을 파악했는지 자기들 둘이서 서로를 찍어 준다고 난리였다. 뒷자리 애가 자기 짝에게 사진 찍어 줄 테니까 멀리 가 보라고 깔깔거리자 그 짝이 일어나 교실 뒤편으로 나가 포즈를 취했다. 앉아 있는 애가 사진을 몇 장 찍더니 깔깔대며 말했다.

"아무리 좋은 카메라로 찍으면 뭐 해. 모델이 못생겨서 사진이 이따구로밖에 안 나와!"

"셔터 누르는 손가락이 그따구라서 그런 건 아니고?"

포즈를 취하던 애도 웃으며 맞받아쳤다. 이쯤 되자 카메라를 갖고 둘이서만 장난치고 있는 애들에게 화가 나기 시작했다. 참아야 한다고 계속 속으로 되뇌었지만 아빠가 사 준 소중한 카메라였다. 아빠 생각이 들자 벌떡 일어나 둘에게 걸어가서 딱딱한 말투로 말했다.

"줘, 이제."

뒷자리 애의 딱딱하게 굳은 표정을 뒤로하고 자리로 돌아와 가방에 카메라를 넣었다. 점심시간은 길었고 또 혼자인 상황이 창피해서 누구에게든 말을 걸어 보려고 두리번거렸다. 앞자리 여자애가 입고 있던 점퍼를 의자에 걸어 놓는 게 보였다. 언뜻 보니 내 거랑 비슷했기에 화색을 띠며 앞자리 애의 어깨를 두드리고 말을 걸었다.

"점퍼 되게 비슷하다. 검은색에다가 로고도 흰색이고."

"다른데? 너는 브랜드 옷이잖아."

그 애는 다시 등을 돌렸다. 미련 없어 보이는 그 등을 멍하게 보며 어떻게 대화를 이어 가야 할지 궁리해 봤지만 머릿속이

하얬다. 그러자 뒤에서 킥킥거리는 소리가 들려왔다. 얼굴이 달아올라 괜히 애꿎은 손톱만 뜯다가 책상에 엎드려 버렸다.

다음 시간은 기술·가정 시간이었다. 종이 치고 기술·가정 선생님이 들어와서 의례적으로 안 온 사람은 없는지 특이 사항을 물었다. 그리고는 언제나처럼 번호순으로 두 명을 일으켜 세웠다.

"오늘은 박희진, 배서인 차례네? 일어나 봐. 자, 먼저 희진이부터 칭찬해 보자."

기술·가정 시간에는 수업 시작하기 전에 번호순으로 두 명이 일어나면 그 두 명에 대해 반 친구들이 칭찬을 해 주는 활동이 있었다. 자신도 모르는 장점을 주변 사람들을 통해 깨닫는 활동이라고 했다. 보통은 친한 아이들이 조금의 쑥스러움을 참고 칭찬 한마디씩 해 주는 게 관례였다. 희진이가 일어나자 아이들이 너도나도 외쳤다.

"재미있어요!"

"먼저 말 걸어 줘요!"

"두루두루 친해요!"

"농담 많이 해요!"

"웃겨요!"

반 분위기가 화기애애해졌고 모두의 얼굴에 맑은 웃음이 번졌다. 기술·가정 선생님도 흐뭇한 미소를 띠고서 물었다.

"웃겨? 평소에 어떻게 웃기는지 궁금하다. 희진이가 직접 한 번 말해 볼래?"

"웃긴 거요? 얼굴이요?"

희진이가 말괄량이같이 씩 웃으며 말하자 애들 사이에 한 차례 더 웃음꽃이 피었다. 기술·가정 선생님도 귀엽다는 듯 희진이를 보더니 앉으라고 했다. 다음은 내 차례였고 내심 화기애애한 분위기가 이어졌으면 좋겠다는 기대를 안고 자리에서 일어났다. 기술·가정 선생님이 시작을 알렸다. 그러나 반 애들 사이에 급격히 싸늘한 공기가 감돌았다. 급식을 같이 먹는 유정이와 나머지 두 명을 다급하게 바라봤지만 모두 시선을 피하고 있었다. 초조해지려는 순간, 희진이가 내뱉었다.

"반에 빙수 돌려요."

"생일 때 케이크 사 줘요."

주희도 케이크 이야기를 하며 한마디를 얹었다. 그러고는 다시 정적이 찾아왔다. 다들 두리번거렸고 누군가의 풋 웃는 소리도 났다. 기술·가정 선생님도 당황하며 말했다.

"뭐 사 주는 거밖에 없어? 그럼 짝이 한번 말해 보자."

짝은 호명되자 작게 "아, 씨."라고 읊조렸고 그 소리는 모두에게 똑똑히 들렸다. 짝은 한참 뜸을 들이더니 말했다.

"좋은 물건을 많이 가지고 다녀요."

애들이 빨리 끝내고 싶은지, 자기들도 이 상황이 불편했는지 "맞아, 맞아."라고 작위적인 반응을 보였다. 선생님의 난감한 표정에서 이대로 이 상황을 끝내는 게 옳은지, 어떻게든 수습해야 할지 고민하는 게 보였다. 오늘은 올해 들어 최악의 날이었다. 그때 누군가 외쳤다.

"주변 애들 잘 챙기고 잘 베풀고 착해요!"

모두가 목을 돌려 소리 나는 쪽을 돌아봤는데 이혜리였다. 선생님이 다행이라는 듯 화색을 띠고서 물었다.

"그리고?"

"욕도 안 해요!"

"그리고?"

"복장도 단정해요!"

"그리고?"

"수행 평가도 열심히 해요!"

선생님은 이혜리에게 고맙다는 듯이 눈인사를 하고는 나에게 앉으라고 했다. 앉으면서 방금 일어난 일에 어안이 벙벙했다. 친하지도 않은 이혜리가 나서서 적극적으로 칭찬해 준 건 말도 안 되는 일이었다. 고마움을 넘어 이혜리가 다시 보였다.

반 애들 사이에서 이혜리는 호불호가 극과 극으로 갈리는 애였다. 지나를 따르는 애들은 이혜리가 눈치가 없는 건지 눈치를 안 보는 건지 모르겠지만, 너무 직설적이고 정의로운 척을 한다고 했다. 나머지 애들은 이혜리가 착하고 솔직하고 당당해서 좋다고 했다. 유정이를 포함한 지나 무리는 이혜리를 노골적으로 싫어했고, 그 애들이 이혜리 욕을 하는 자리에 나 또한 몇 번 끼어 있었다. 때문에 이혜리에게 심리적 거리감이 있었다. 이혜리도 내가 조금 거리를 두고 있다는 것 정도는 알고 있었을 것이다. 그 흔한 생일 케이크도 이혜리에게는 선물해 주지 않았으니까 말이다.

그러나 지나 무리가 이혜리를 못마땅해해도 기술·가정 시간의 돌발 행동이 고마운 건 사실이었다. 하지만 지나가 이혜리를 공공연히 싫어하는 게 마음에 걸렸다. 밤새 고민하다가 다음 날 아침 빵집에서 가장 예쁜 케이크를 사서 이혜리 사물함에 쪽지와 함께 넣어 놓았다. 생일은 한참 지났지만 케이크를 주고 싶었다. 생일을 챙겨 주지 못해 미안했다는 건 핑계고 어찌 되었건 고마움을 표현하고 싶었다. 이혜리가 등교하기까지 가슴이 콩닥콩닥 뛰었고 교실 뒷문이 열릴 때마다 깜짝거리며 놀랐다. 이혜리가 드디어 사물함 문을 열고 이쪽을 봤을 때, 우리 둘의 눈이 마주쳤다. 오래도록 기억될 한 순간이었다. 잠시 후 이혜리가 빈 종잇조각을 한 장 주며 말했다.

"카톡 보니까 너도 얼마 전에 생일이었더라. 유치하지만 뭐, 소원 쿠폰이야."

똑같이 생일을 챙겨 주려고 하는 혜리가 고마웠다. 값나가는 선물이 아니어도 상관없었다. 평소 반 애들에게 챙겨 준 케이크는 많아도 내 생일날 받은 선물은 거의 없었다. 그나마 받은 선물도 매점에서 산 음료수나 저렴한 문구류가 전부였기 때문이었다. 반 애들 생일날에 그동안 선물했던 케이크가 스쳐 지나가면서 서운했지만 이해하려고 애썼다. 다른 애들은 금전적으로 여유롭지 못해서 그럴 수도 있다고 스스로를 다독였다. 그러나 이번에는 달랐다. 오히려 소원 쿠폰이라는 선물이 독특하고 재미있게 다가왔다. 손에 쥐어진 소원 쿠폰을 자리에 앉아 이유 없이 오래도록 들여다보며 만지작거렸다. 이 분위기를 좀 더 몰아 혜리와 친해지고 싶었지만 방법이 없었다. 그래도 건넨 마음에 답이 왔다는 게 정말 좋았다.

18

그 후로 혜리와 조금씩 친해져서 여름쯤에는 어느새 단짝이
되었다. 여름 방학이 되었지만 혜리와 자주 만나며 우정을 이
어 갔다. 방학인데도 만나서 놀았던 학교 친구는 초등학생 때
부터 따져 봐도 혜리가 유일했다. 이제야말로 진짜 친구를 얻
은 것 같았다. 밖에서 만나 영화도 보고 했지만 거의 맛나분식
에서 떡볶이를 먹거나 우리 집에서 수다를 떨었다. 오늘도 우
리 집에서 가사도우미 이모가 만들어 둔 간식을 먹다가 자연
스럽게 가족으로 화제가 옮겨 갔고, 나도 모르게 엄마 이야기
를 꺼내게 되었다. 엄마가 없다는 사실을 말하자 혜리는 조심
스러워하는 모습이었다. 그 모습이 낯설어 일부러 밝게 웃으

며 말을 이었다.

"우리 엄마 나 낳다가 돌아가셔서 엄마에 대한 기억이 없어. 엄마 얼굴도 사진으로만 봤어. 그래도 아빠가 있어서 괜찮아."

"아빠랑 사이좋은가 보다."

"아빠랑 사이는 좋은데 워낙 바쁘셔서 함께할 시간이 없어. 사업하셔서 쉬는 날이 딱히 없으시거든. 회사 안 나가는 날도 거래처 사람들이랑 골프 치러 가셔."

"직장인들이 회식하는 것처럼 업무의 연장인가 보네."

헤리가 어른들이나 쓸 법한 '업무의 연장'이라는 고급 단어를 쓰는 것도 놀랐지만 우리 아빠와 집 사정을 편견 없이 이해해 주어서 안심되었다. 그래서 헤리 앞에서는 언제나 그랬듯 술술 털어놓았다.

"아빠가 워낙 바쁘시고 신경 쓰실 일이 많으니까 나는 걱정 안 끼치려고 해. 아빠는 내가 엄마 없이도 잘해 나갈 거라고 믿는데 자꾸 어긋나면 엄마가 없어서 그렇다고 생각하실까 봐 조마조마해. 그래서 아빠 앞에서는 어떻게든 괜찮아 보이고 싶어."

"애쓰는구나. 그럼 어릴 때부터 혼자 스스로 알아서 했어?"

"초등학생 때까지는 할머니가 이 집에서 같이 사셨는데 나 중학생 되고는 시골로 내려가셨어. 그래도 아빠가 계시니까 괜찮아. 아빠가 날 많이 존중해 주셔. 내가 학원 다니기 싫다고 하니까 나 믿고 학원도 억지로 보내지 않으시고 토요일 저녁마다 쇼핑도 함께 가 주셔."

"우리 집도 가게 하느라 항상 바쁘시잖아. 그래서 엄마 아빠하고 보내는 시간이 많지 않아."

우리 둘은 조금 어두운 얼굴이 되어 이야기를 이어 나갔다. 그래도 털어놓기 시작하니까 마음이 많이 가벼워지고 있었다. 이런 이야기는 혜리에게만 털어놓을 수 있었다. 혜리 아니면 위로받을 수 있는 친구가 없는 나로서는 더욱 그랬다. 혜리를 가만히 보며 말을 이었다.

"아빠랑 시간을 더 많이 보내고 싶은데 나처럼 아빠와 시간을 많이 보내고 싶어 하는 사람은 나 말고도 많아. 아빠 거래처 사람들도 그렇고 다른 것도 그렇고."

"너에게 해 주고 싶은 말이 있어. 내가 책에서 읽었는데, 그게 직장 여성을 위한 책이거든. 거기에 '자식을 위한다는 이유로 커리어를 포기하지 말라. 항상 시간을 함께 보내 주지 않아도 자식이 먼 훗날 부모를 생각했을 때 떠오르는 사랑의 기억이 있으면 충분하다.' 뭐 그런 내용이었어."

"도대체 직장 여성을 위한 책을 왜 읽는 거야? 별 책을 다 읽어!"

"난 원래 별 책 다 읽어. 그러니까 우리 집은 엄마가 매일 하루도 빼놓지 않고 자기 전에 침대로 와서 나랑 대화를 나눠 주신다는 말이야. 아빠는 주말마다 아침을 준비해 주시고. 거의 라면이지만. 나에게는 이게 사랑의 기억이야."

"사랑의 기억……."

"토요일 저녁마다 함께 쇼핑을 가 주시는 건 널 사랑하지 않고서는 결코 쉽게 해 주실 수 없는 일이잖아. 나중에도 아빠의 사랑을 잊지 못할 거야."

"맞아. 우리 아빠는…… 나를 사랑하셔. 네 말대로 매주 사랑을 쌓아 주고 계셔!"

"너희 아빠는 널 사랑하고 아끼고……."

"그만해! 나 아빠 생각만 해도 눈물 날 것 같단 말이야!"

"이미 울고 있잖아."

나는 차오른 감정을 어쩌지 못하고 이내 엉엉 울고 말았다. 혜리가 등을 다독여 주었다. 혜리 앞에서 소리 내어 울었더니 막혀 있던 무언가가 뚫린 느낌이었다. 다 울고 난 후, 이상하게도 눈물을 흠뻑 쏟았지만 기분은 가라앉지 않고 오히려 산뜻했다. 아빠는 돈이 중요해서가 아니라 다른 사람들 생계까지 어깨에 지고 있어서 회사 일에 사활을 걸어야 한다고 했다. 그러면서 시간을 같이 보내지 못하는 것에 항상 미안해했다. 아빠의 마음을 모르는 게 아니었음에도 늘 불안한 마음이 있었다. 그런데 혜리 앞에서 엉엉 운 이후로 아빠를 더 많이 이해할 수 있게 되었다.

그 뒤로 왜 우리 집은 다른 집처럼 복닥복닥하지 않고 텅텅 비어 있는 건가 싶은 생각이 들어 서글퍼질 때마다 우리 아빠는 매주 사랑의 기억을 쌓아 주는 사람이라고 속으로 되뇌었다. 그럴 때마다 나는, 누가 뭐래도 아빠의 꾸준하고 성실한 사랑을 받는 사람이 되었다.

혜리는 나의 불안함을 가라앉혀 주는 친구였다. 왜 혜리 같은 친구를 이제야 사귀었는지 아쉬울 정도였다. 그런 생각을 하다가 반대로 어느 날은 혜리같이 멋진 친구가 왜 나랑 다니는지 의아하기도 했다. 언젠가 혜리는 기술·가정 시간을 회고하며 대신 화를 내 주었다.

"걔들 왜 그렇게 약아빠졌냐? 그거 너 엿 먹인 거야. 같이 다니면서 어떻게 그럴 수가 있냐고. 김지나랑 신유정이랑 걔네들, 너한테 칭찬 한마디 정도는 해 줬어야 하는 거 아니야?"

"걔들이랑 같이 있으면 시간이 오래 지나도 마음이 편하지 않기는 했어."

"걔들 보면 강약약강이라고 세게 나가면 깨갱거리고, 착하고 순한 애들은 얕보고 그러더라. 서인이 네가 걔들한테 얼마나 이것저것 사 주면서 잘 대해 줬는지 나도 아는데 그때 보는 내가 다 짜증 나더라니까. 안 나설 수가 없었어."

혜리가 대신 화내 주니까 속이 시원했다. 감정 표현을 잘 못하고 무조건 눌러 참던 나는 혜리랑 있으면 솔직해지고 표현도 점점 많이 하게 되었다. 고마운 마음을 담아서 말했다.

"그때 고마웠어. 네가 빛나 보였어."

"뭘, 그런데 걔네 지금도 너한테 와서 말 걸어?"

"유정이가 오늘 갑자기 '너는 네 피부 까만 거 싫지?' 하고 묻더라."

"아냐, 너 하나도 안 까매! 걔 무슨 소리를 하는 거야?"

"그냥 내가 '응, 싫어. 너는 하얘서 좋겠다.'라고 했어."

혜리가 그럴 줄 알았다는 듯이 고개를 떨군 채 한숨을 크게 쉬고 말했다.

"잘 들어. 그건 대화가 아니라 널 꼽 주는 거야. 그럴 때는 무조건 나는 나 좋다고, 그건 내 트레이드마크라고 대답해. 그래도 뭐라고 그러면 정색하면서 '좋다니까? 싫을 이유가 뭐가 있는데?'라고 되물어. 그냥 외우는 거야. 토씨 하나도 틀리지 말고!"

"아니, 좋은데……? 내 트레이드마크야……. 좋다니까……? 싫을 이유가 뭐가 있는데……?"

"그렇게 얼빵하게 말하지 말고 자신감 있게 말해, 그래야 함부로 못 대해!"

혜리가 답답하다는 듯이 말했다. 며칠 후, 혜리가 가르쳐 준 처세술을 쓸 날이 왔다. 그날 체육 시간에 모두 운동장 스탠드에 앉아 있는데, 하필이면 나는 유정이 옆이었다. 유정이가 갑자기 생각난 듯이 물었다.

"배서인! 근데 가까이서 보니까 얼굴 되게 동그랗다! 넌 네 얼굴 너무 동그래서 싫지?"

"아니, 좋은데? 내 트레이드마크야."

"뭐? 근데 넌 너무 동그랗잖아."

"좋다니까? 싫을 이유가 뭐가 있는데?"

"아니……, 그냥 이왕이면…… 아니다!"

정신을 똑바로 차리고 배운 대로만 똑똑히 말하려고 노력했다. 유정은 뜻밖의 반격에 당황했는지 말을 얼버무리며 옆의 애랑 다른 쪽으로 자리를 옮겼다. 나는 혜리와 둘이서 손을 붙잡고 킥킥거리며 승리의 미소를 지었다. 혜리는 이 밖에도 여러 가지를 알려 주었다.

"애들이 뭐 사 달라고 하거나 뭐 달라고 할 때는 이렇게만 말해. 처음에는 왜 내 걸 달라고 그러냐고 묻는 거야. 여기서 퇴치가 되는 애들이 있고 아닌 애들이 있어. 아닌 애들은 '야, 좀 주면 덧나냐?' 같은 소리를 해. 그때 '너, 나한테 뭐 맡겨 놨니?'라고만 물어보면 돼."

"아, 복잡하다."

"실습해 보자. 나 빙수 사 줘."

"왜…… 내 돈으로 사 달라고 그래?"

"굿 잡! 자, 다시 한번. 야, 좀 사 주면 덧나냐? 너 돈도 많잖아!"

"흥! 너, 나한테 빙수 맡겨 놨니?"

"굿 잡, 베이비!"

혜리는 도대체 이런 걸 어디서 배운 걸까? 혜리가 알려 준 공식은 백발백중이었다. 혹시라도 계속 매달리는 애가 있으면 혜리는 자기를 부르라고 했다. 그 말이 의지가 되어 제법 새침하고 당당하게 말할 수 있었다. 필통을 구경하다 펜을 달라던 애도, 틴트를 빌려 바르고는 색깔이 자기에게 잘 어울린다며 아예 달라던 애도, 오랜만에 피자 좀 쏘라던 애도 '너, 나한테 피자 맡겨 놨니?' 같은 톡 쏘는 대답을 듣고는 화들짝 놀라고는 했다. 그러고는 장난이었다며 웃음으로 무마하고는 황급히 사라졌다. 당당하게 대답할수록 효과는 좋았는데 정말 토씨 하나 안 틀리고 매번 같은 대답을 해도 통했다.

언젠가 아빠와 쇼핑을 하면서 혜리 신발도 산 적이 있다. 나는 돌아오는 월요일에 혜리를 집으로 초대해 깜짝 선물로 내밀어 보이며 활짝 웃었다. 그러나 혜리는 가격표를 보더니 반품하라며 말했다.

"안 받을래. 부담스러워. 마음만 받을게."

"빨리 받아."

"진짜 마음만 받을게. 와, 마음 다 받았어!"

혜리에게 줄 순간만 기다리면서 기대했는데 풍선에 바람이 빠진 것처럼 마음이 쪼그라들었다. 속상한 마음에 떼쓰듯이 징징거리며 물었다.

"매번 진짜 왜 그래? 왜 맨날 싫다고 해? 너한테 선물 좀 주면 안 돼?"

"마음은 항상 충분히 받고 있어. 나, 책 읽다가 너한테 들려주고 싶은 말 생겼어. 내가 얼마 전에 명언 모아 놓은 책에서 읽었던 말이야."

"뭔 소리야? 그런 식으로 빠져나갈 생각 하지 마. 얼른 받아!"

"돈으로 만든 친구는 돈 없이는 친구로 지낼 수 없다."

"안 돼. 받아야 해. 왜 한 번을 안 받냐고."

"나랑 돈 없이는 친구로 못 지내고 싶어?"

협박에 가까운 말에 더 이상 떼쓸 수도 없었다. 돈으로 만든 친구는 돈 없이는 친구로 지낼 수 없다는 건 맞는 말이었다. 그동안 돈으로 만든 친구들은 돈으로만 유지되었다. 그런 애들이 눈을 빛내고 미소를 지어 줄 때는 선물을 받을 때뿐이었고, 그마저도 익숙해지면 선물 받는 걸 당연하게 여겼다. 그러면서 더 이상 먹을 걸 계산해 주지 않거나 선물을 주지 않으면 은근히 눈치를 주거나 더 이상 볼일 없다는 듯이 서서히 멀어지고는 했다. 예전에는 그럴수록 마음이 조급해져서 돈을 더 쏟아붓고는 했다. 혜리가 하는 말이 뭘 뜻하는지 모르는 게 아니었기에 천천히 말했다.

"사실 인간관계에 고민도 많고 헤매고 있었거든. 그런데 방금 그 말을 듣는 순간 어느 방향으로 가야 할지 지도가 쥐어진 기분이야. 곱씹을수록 향기로워지는 말이다."

"아이고, 표현 보소! 넌 정말 말을 예쁘게 해."

"나 말 예쁘게 한다고 말해 주는 사람 너밖에 없어. 너는 나의 좋은 점을 알아봐 주는 유일한 사람이야. 너랑 있으면 내가 온전히 이해받는 것 같아. 대화하다 보면 마음이 구름처럼 몽실몽실해져."

"역시 표현하는 게 남달라. 가끔 넌 정말 예술가 같아."

"나는 그냥 너랑 있을 때 떠오르는 이미지를 말로 하는 것뿐이야. 지금처럼 네가 날 예술가라고 불러 줄 때 말이야. 얇은 종이를 모아 한데 뭉칠 때처럼 기분이 바스락거리면서 좋아. 네가 나를 알아봐 준 거야."

혜리는 자주 나의 말들이 예쁘다고 했다. 평소 주변 사람들에게서 말하는 게 사차원 같다, 엉뚱하다는 말은 들었어도 말을 예쁘게 한다는 말은 혜리에게서 처음 들었다. 예술가 같다는 칭찬을 받기 시작하면서 점점 혜리에게 말을 더 예쁘게 하려고 노력하기 시작했고 얼렁뚱땅 써 내려 간 시를 선물로 주기도 했다. 나는 예술가 같다는 말을 들을 때마다 내가 누구인지 알아 가는 기분이었다.

"서인아, 너 시를 쓰는 것도 좋지만 랩을 해 보는 건 어때? 난 네 목소리 좋아. 네가 쓰는 글도 좋고."

같이 노래방을 갔다 온 날에 혜리가 카페에서 마주 앉아 딸 기스무디를 마시며 했던 말이었다. 우리 서로 같은 그룹으로 데뷔해서 영원히 친하게 지내는 건 어떠냐면서. 나는 그게 무슨 코미디냐며 웃었는데 혜리는 나보고 아이돌 래퍼가 아니라도 글 쓰는 사람은 꼭 되었으면 좋겠다고 꽤 진지하게 말했다. 나는 잠깐 생각에 잠겼다. 혜리는 분명 예쁘고 노래를 잘 부르니까 가수가 될 수 있을 것이다. 그런 혜리와 같이 연예인이 되어서 같은 프로그램에 나오고 같은 무대에 서는 상상을 해 보았다. 그 전에 혜리와 같이 오디션을 보러 다니며 같은 고민을 나누고 같은 노력을 하는 상상도 해 보았다. 그러고는 말했다.

"나 같은 게 무슨 래퍼야. 나는 꿈 없어."

혜리와 손 흔들며 각자 집으로 돌아간 후에도 왠지 자꾸만 꿈이라는 말이 내 안에 맴돌았다. 요즘 가장 인기 많은 래퍼의 노래를 들어 보기도 하다가 가사를 써 보기도 했다. 시를 쓰는 것도 좋았지만 무대에 올라가 내가 쓴 글을 직접 곡으로 들려주고 관객과 함께 호흡하는 상상을 하자 짜릿할 만큼 설레었다. 혜리와 함께 유명해져서 연예계 절친으로 지내거나 합동 무대를 하거나, 서로의 곡에 피처링을 해 주고, 토크 쇼에 나가서 학창 시절 이야기를 하기도 하고……. 나 같은 게 감히 상

상해서는 안 되는 꿈임에도 떨려 오는 심장은 나에게 이 길을
가라고 하고 있었다.

나중에 래퍼가 될지 그 무엇이 될지는 몰랐지만, 혜리랑 있
으면 뭐라도 되고 싶고 뭐라도 될 것 같은 기분이 자꾸 들었
다. 혜리는 나를 마치 근사한 사람인 것처럼 느끼게 했다. 꿈을
가진 혜리가 빛나 보였기에 나도 꿈을 갖게 되면 혜리처럼 빛
날 수 있을 것만 같았다. 혜리랑 있으면 자꾸만 꿈을 꾸게 되
었고 밝은 미래를 그리게 되곤 했다. 그러니 내가 혜리를 독차
지하고 싶었던 건 어쩌면 당연한 일이었다.

19

중학교 1학년 생활도 저물어 가고 있었다. 혜리와 보낸 여름이 지나고 가을이 되었다. 2학기 중간고사며 체육 대회며 모든 것이 정신없었다. 한차례 폭풍이 지나가듯 바쁜 생활 속에서도 추억은 차곡차곡 쌓였다. 반에서 친하게 지내는 무리들을 보면 처음 만난 그대로 2학기 때까지 친하게 지내는 일이 많지는 않았다. 누가 몰래 험담을 했니 어쨌니, 뒤통수를 치고 다른 무리로 갔니 어쨌니, 팽을 당했니 어쨌니 말들이 많았다. 반면에 혜리와의 사이는 멀어지지 않았고, 티격태격한 후에도 더 돈독해졌다. 서로 많이 웃고, 때때로 내 쪽에서 토라지는 일은 있었으나 결국 화해하며 둘도 없는 절친으로 지냈다.

다만 나만의 친구로 둘이서만 같이 다니고 싶은 마음을 아는지 모르는지, 혜리는 자기 친구들과도 여전히 친하게 지냈다. 나는 지나 무리에서 떨어져 나온 후 친구라고는 혜리뿐이었기에 이런 상황이 서운하고 불안하기 그지없었다. 혜리가 나와 친해지기 전부터 같이 다니고 친하던 두세 명의 친구들은 나와는 결코 친구가 아니었다. 다 같이 친구로 지냈다면 질투와 불안함이 덜했을 거라는 생각이 든 적은 있었다. 하지만 저쪽에서도, 내 쪽에서도 그럴 의사는 확실히 없는 것 같았다. 혜리 친구들에게 나는 시기와 질투가 심하고 혜리에게 집착이 심한 이상한 애로 낙인찍힌 게 분명했다. 혜리가 자기 친구들이랑 놀 때 나는 주변에서 어정쩡하게 있어야 했다. 저쪽에서 나를 안 좋게 보고 있다는 것은 말 안 해도 알 수 있었다.

언제였던가, 혜리의 권유로 다 같이 피자를 먹으러 간 적이 있다. 혜리의 만류에도 환심을 사기 위해, 그리고 경계를 풀어 보려고 내가 피자를 산다고 했던 어느 날이었다. 여중 앞 피자집에 다 같이 앉아 수다를 떨었다. 혜리 친구들인 수빈이와 지선이, 연하는 나란히 앉아 서로 핸드폰을 보며 이야기를 나누고 혜리에게만 말을 걸었다. 혜리가 나를 챙기려고는 했으나 다들 의도적으로 받아들여 주지 않았다. 한쪽 귀퉁이에 앉아 그런 혜리 친구들을 보면서 마음을 정리했다. 피자는 이미 다 먹은 지 오래였다. 그러는 동안 내가 한 일이라고는 말없이 식

탁의 접시만 멍하게 쳐다보는 것뿐이었다. 기분 탓인지 혜리가 나에게 말을 걸며 챙겨 주려고 할 때마다 수빈이가 말을 채 가거나 혜리의 주의를 돌리려고 하는 것 같기도 했다.

오히려 이런 일을 처음 겪어 봐서 어떤 상황인지 이해하지 못했다면 눈치 없이 혜리 친구들에게 자꾸 말을 걸었을지도 모른다. 그러나 이런 건 지나 무리와 다닐 때 지겹도록 겪은 상황이었다. 지겹도록 겪어도 결코 익숙해지지 않았던. 나는 꿔다 놓은 보릿자루처럼 가만히 있었다. 미묘한 분위기에 난 감해하는 혜리의 표정이 보여 애써 밝은 목소리로 물었다.

"있잖아, 우리 이만 갈까?"

"벌써? 더 있다가 가."

맞은편의 지선이가 퉁명스럽게 대답하자 혜리가 내 말에 맞장구쳤다.

"그만 가자. 여기 더 있어서 뭐 해."

그러자 다들 알겠다며 자연스럽게 우르르 일어났다. 계산대로 가서 카드를 내밀기도 전에 혜리가 자기 카드를 내밀어 계산했다. 모두 피자집 앞에서 헤어졌는데 잘 가라는 인사를 나에게도 하는 사람은 단 한 명도 없었다. 나는 집에 오는 내내 화가 나고 기분이 나빠서 공연히 혜리에게 퉁명스럽게 떽떽거렸다. 다른 애들을 이유로 혜리와 내가 멀어지는 게 바보 같고 어리석은 행동임을 알면서도 마음이 뜻대로 되지 않았다.

그도 그럴 것이 혜리와 친하게 지내는 일은 우정보다는 생존에 가까웠으니까. 혜리 말고는 마음 맞는 친구가 없는 나로서는 혜리를 누군가에게 빼앗길까 자꾸만 불안한 마음이 들었다. 열네 살 여중생에게 학교에서의 친구 없는 삶은 생각할 수도 없었다. 다른 친구를 사귀어 보려는 시도는 하지 않았다. 마음에 상처가 많으면 어떤 시도도 두려운 법이다. 아무것도 아닌 나를 봐주고 한결같이 친구로 지내 줄 사람은 혜리가 유일했다.

그러다가 나중에는 우리가 어떤 일로 싸웠지? 내가 지쳤던가, 아니면 혜리가 나에게 지쳤던가? 체육 시간을 틈타 우리 반에서 도난 사건이 일어났을 때 내가 근거 없이 은근슬쩍 수빈이를 범인으로 몰았기 때문이었나, 아니면 혜리에게 지선이를 자주 욕해서였나? 그것도 아니면 왜 나보다 연하를 먼저 챙기냐며 공공연히 혜리에게 짜증을 내서였나? 어떤 일로 혜리와 싸우게 되었는지 기억도 나지 않을 만큼 다 잊어버리고 싶은 날들이 흘러갔다. 그러던 어느 날 혜리가 이런 말을 했다.

"서인아, 솔직히 요즘 너랑 있으면 좀…… 갑갑해."

"무슨 소리야?"

나는 또 금방이라도 싸울 태세를 갖추고 물었다. 혜리에게서 미안하다는 말이 나와야 했고 그래야 마음이 놓였으니까. 나는 이럴 때마다 모든 상황이 혜리 친구들 때문인 것 같아서 화가

났다. 그래서 지나를 빌려 평소처럼 혜리 친구들을 욕했다.

"걔네가 너한테 나 별로라고 하지? 근데 알아? 지나가 걔네 진짜 싫어하는 거. 걔네 엄청 나대고 잘난 척한다고 지나 말고도 싫어하는 애들 많아."

"누가 그러는데?"

"으응?"

"너 항상 반 애들이 내 친구들 싫어한다고만 하고 누구인지 말 안 하잖아. 김지나 말고 누구?"

"혹시 지금 나랑 싸우자는 거야?"

혜리는 한숨을 한 번 길게 내뱉고는 앞서서 걸었다. 나는 빠른 걸음으로 쫓아가 손을 뻗어 혜리의 어깨를 확 잡아 돌리고는 물었다.

"왜 점점 내 편 안 들고 나 무시해? 이제는 내가 거짓말한다는 듯이 말하잖아."

"그만하자. 진짜 숨 막혀."

혜리는 돌아서 가 버렸고 나는 그 자리에 못 박힌 듯 서서 멀어지는 혜리 뒷모습만 바라봤다. 점점 이 모든 게 혜리 친구들 때문인 것 같다는 생각만 들었다. 난 혜리 말고는 친구가 없는데 혜리는 나랑 같이 다니지 않아도 언제든 어울릴 친구가 있다는 사실이 불공평하게 느껴졌다. 그래서 전처럼 혜리에게 혜리 친구들 욕을 하는 게 아니라, 전략을 바꿔 혜리 친구들에게 혜리 욕을 하기 시작했다.

"나 요즘 이혜리랑 안 다니는 이유 알아? 걘 남 욕을 너무 많이 해."

"혜리가? 설마."

혜리 친구들은 한결같이 혜리를 굳게 믿고 있었다. 나는 떨리는 마음을 숨기고 혜리 친구들에게 말을 흘렸다.

"등잔 밑이 어둡다고 너희라고 뒷담화 대상에서 예외일 거라고는 생각 마. 아, 난 그냥 걱정돼서 말하는 것뿐이니까 오해하진 말고."

혜리 친구들이 떨떠름한 얼굴로 무슨 말이냐고 물어 오기 시작했다. 당황스러운 마음이 든 것도 잠시, 얼마 전에 혜리가 심리학책에서 읽었다며 제2차 세계 대전 시대 정치인들이 사람을 선동하는 방법에 대해 지나가듯 말해 준 게 생각났다. 거짓을 믿게 하려면 진실과 거짓을 섞어라. 그러면 사람들은 믿을 것이다. 혜리가 전해 준 혜리 친구들이 소식이 이럴 때 딱이었다. 혜리 말로는 최근에 연하가 사생 대회에서 최우수상을 탔다고 했다. 또 지선이는 토론 동아리에서 선배들에게 예쁨을 받고 있다고 했다. 그리고 수빈이는 학원에서 괜찮은 남자애 두 명에게나 고백을 받았다고 했다. 나는 마지못해 말을 꺼낸다는 듯이 잠시 뜸을 들이다 입을 열었다.

"내가 말했다고는 하지 마. 얼마 전에 연하가 그림으로 최우수상 탔다면서 혜리가 그러더라고. 걔 뭐 대단한 대회에서 상 탄 것도 아니고 듣도 보도 못한 대회에서 운 좋게 상 하나 걸린 거 같고 너무 자랑하고 다닌다고. 혜리 입장에서는 그게 좀 웃겼나 봐."

연하의 표정이 굳어지기 시작했다. 내가 "이런 얘기 괜히 했나 보다."라며 짐짓 자리를 피하려 하자 지선이와 수빈이가 그런 나를 붙잡고 놀란 눈으로 자세히 물었다. 나는 어쩔 수 없다는 듯이 말을 이었다.

"아니, 나 이거 말해야 하나? 지선이는 동아리에서 선배들한테 되게 예쁨받는다면서, 차기 동아리장으로 선배들이 점찍어 놨다고. 지선아, 너 학교 오기 전에 간, 쓸개 다 빼놓고 온다며? 혜리가 그 정도 수준이라던데? 선배들한테 온갖 아부 다 하면서 무슨 결핍 있는 애처럼 인정받으려고 눈 뒤집혀서 별짓 다 한다고."

한번 터진 거짓말은 걷잡을 수 없었다. 하얗게 질린 혜리 친구들의 얼굴을 보면서 묘한 쾌감이 일었다. 나는 마지막으로 수빈이를 보며 말했다.

"수빈아, 너 고백받은 거 은근히 자랑하고 다니면서 예쁜 척하는 거 혜리가 그만했으면 좋겠대. 그거 너 예뻐서 고백받은 거 아니라더라. 그냥 만만하고 어중간해서 아무나 고백해도 받아 줄 만한 애라서 남자애들한테 두 번이나 고백받은 거래.

나는 수빈이 너 정말 예쁘다고 생각하는데 혜리 생각은 좀 다른가 봐. 아무튼 난 너희랑도 친구인데 혜리가 자꾸 너희 험담을 하니까 불편해서 이제는 같이 안 다녀."

연하와 수빈이의 얼굴이 충격과 실망으로 얼룩지고 있었다. 계획대로 되어 가는 가운데 지선이가 나서서 딱딱한 말투로 말했다.

"혜리 그럴 애 아니야."

"아, 그래? 근데 나 진짜 이제 혜리랑 안 다녀. 이혜리가 다른 애들 뒷말을 너무 심하게 해서. 믿든 안 믿든 자유긴 한데 뭐. 내가 요즘 혜리랑 안 다니는 건 너희도 알지 않나?"

나는 한 번 더 사실과 거짓을 섞어 대답했다. 내가 요즘 혜리랑 같이 안 다니는 건 명백히 사실이었으니까. 이쯤 하자 지선이의 눈동자도 흔들리기 시작했다. 셋은 당혹스러운 표정으로 자리를 떠났다. 집에 와서 후회했지만 이미 엎질러진 물이었다. 어디서 그럴 마음이 나서 한 행동인지도 알 수 없었다. 중요한 건 그 후로 혜리가 혜리 친구들이 밀어내도 끝까지 다가가서 마침내 오해를 풀고 오히려 그 친구들과 더 돈독해졌다는 사실이었다. 머지않아 나는 반에서 이상한 애로 더 큰 따돌림을 당하게 되었다.

반 애들은 날 보고 숙덕거렸고 내가 다가가도 자리를 피했다. 나는 혜리뿐 아니라 혜리 친구들에게도, 그 밖의 다른 친구들에게도 다가갈 수 없었다. 여기저기 말을 걸어 보고 친해지려고 애썼지만 마음처럼 쉽지 않았고, 쉬는 시간에 홀로 있어야 하는 시간이 늘어났다. 이런 모습을 혜리에게 보이는 게 괴로웠고 자존심이 상했다. 마침내 나에게는 더 이상 선택지가 없었다. 오직 혼자 있지 않기 위해, 나는 전처럼 지나 무리에 기어들어 갈 수밖에 없다는 걸 깨달았다.

그날도 지나가 내가 메고 있는 가방에서 지갑을 마음대로 꺼내더니 눈앞에 대고 흔들며 말했다.

"나 삼만 원만."

"응……."

지나가 내 지갑을 열더니 돈이 많다면서 옆에 애들과 낄낄거렸다. 그때 지나가 뭔가를 꺼내며 이게 뭐냐고 물었다. 예전에 혜리가 줬던 소원 쿠폰이었다. 나는 애써 쿨한 척하며 대답했다.

"아, 이혜리가 소원 쿠폰이라면서 줬어. 쪽팔리게."

"그게 뭔데?"

"뭐 적으면 소원 들어준대. 귀찮아."

지나는 흥미롭다는 듯이 소원 쿠폰을 보다가 필통에서 컴퓨터용 사인펜을 꺼내 뭔가를 흘려 적고는 나에게 내밀며 말했다.

"야, 이거 이혜리 갖다 줘."

"뭔데?"

소원 쿠폰에는 "죽어."라고 적혀 있었다. 나는 몸이 얼어붙는 것 같았는데 지나는 웃긴다는 듯 이를 환히 드러내며 웃고 있었다. 나는 소원 쿠폰을 받아 들고 만지작거리다가 지나가 다른 애들하고 이야기할 때 슬그머니 내 교복 치마 주머니에 쑤셔 넣었다. 나중에 버리려고 했는데 곧 잊어버리고 말았다.

하교 시간이 되고 나는 홀로 책가방을 멘 채 후문으로 걸어 나왔다. 문구점과 분식집과 서점을 지나 한적한 놀이터 입구마저 지날 때였다. 길은 내리막길이었고 도로는 좁았다. 마침 근처 건물이 공사 중인지 한쪽에 덤프트럭이 주차되어 있었다. 그때 어디선가 혜리가 불쑥 나타났다. 나를 기다린 모양인지 이쪽으로 곧장 걸어오며 말했다.

"배서인, 나랑 얘기 좀 해."

"무슨 얘기?"

"언제까지 걔네랑 다닐 거야?"

"너는 네 친구들이랑 다녀도 되고 나는 내 친구들이랑 다니면 안 되냐?"

"걔네가 네 친구 맞아?"

혜리는 나에게 소중한 사람이었고, 나도 혜리에게 소중한 사람이라고 믿었다. 그렇기에 내가 떠나가면 혜리도 아프고

힘들 거라고 생각했다. 쉽게 돌아가지 않을수록 혜리는 내 소
중함을 더 크게 깨닫겠지. 그러면 혜리가 내 친구로만 지내 줄
것 같았다. 더는 혜리 친구들 때문에 스트레스 받을 일 없이.
'내가 지금 혜리에게 당장 돌아오라고 매달리고 싶은 만큼 분
명 혜리도 그럴 거야.' 그런 생각을 하며 나는 더 강하게 나가
기로 했다.

"야! 나도 내 친구들 있고, 너랑 더 이상 같이 다닐 생각 없
어. 알아?"

"웃기네."

혜리가 가소롭다는 듯한 표정을 지었다. 상처 주려고 했던
말이 혜리에게 타격감도 없고 좀처럼 먹혀들지 않자 화도 나
고 분한 마음에 나도 모르게 말이 막 튀어나왔다.

"뭐가 웃긴데? 나는 뭐 항상 너만 쫓아다녀야 하냐?"

"됐고. 그냥 나한테 미안하다고 해."

혜리는 날 보며 여유 있게 말했고 그 모습에 나는 불안함에
휩싸였다. 내가 잘못을 인정해 버리면 그때는 어떻게 되는 거
지? 혜리 친구들에게 끌려다니며 맞춰 줘야 하는 삶을 살게 될
까? 걔들이 혜리를 뺏어 갈 때도 나는 그저 뒤에서 기다리고
있어야 하는 전과 같은 생활이 이어질까? 걔네를 상대로 내가
혜리에 대해 헛소문을 퍼뜨렸다는 걸 스스로 인정하게 되면
난 어떤 사람이 되는 걸까? 머릿속에 나쁜 상황이 생생하게 그

려지자 겁이 나고 자존심이 무너지는 기분이었다. 내가 할 수 있는 가장 나쁜 말을 해야겠다는 생각이 울컥 들었다. 그 정도는 되어야 혜리가 위기감을 느끼고 내 잘못을 눈감아 주지 않을까? 그렇게 다시 나에게 오지 않을까? 설마 개네를 택할까? 그럴 리 없어. 나는 주먹을 꽉 쥐고 말을 뱉었다.

"난 잘못한 거 없어. 나 너 싫고 지겨워. 어느 정도인 줄 알아? 너 그냥 사라져 버렸으면 좋겠어."

"뭐? 거짓말 마."

"거짓말? 믿게 해 줄까?"

나는 혜리의 손을 거칠게 확 끌어당겼다. 그러고는 교복 치마 주머니에 있던 소원 쿠폰을 꺼냈다. 소원 쿠폰에는 "죽어." 라는 글자가 선명히 적혀 있었다. 혜리 손을 펴서 그 소원 쿠폰을 거칠게 쥐여 주었다. 혜리가 뭔가 하고 소원 쿠폰을 펼쳐 보고는 이내 사색이 되었다. 그 표정에 마음 어딘가가 쿡쿡 쑤셨지만 나는 이제 혜리가 상처받는 모습에 아무렇지 않고, 아무 감정도 남지 않게 된 것처럼 애써 의연한 척했다. 죄지은 것 같은 마음을 숨기려고 일부러 미련 없이 홱 돌아섰다. 혜리가 뒤에서 외쳤다.

"진심 아니지? 아니라고 말하란 말이야!"

"못 알아듣냐? 없어져 버리라고!"

나는 뒤돌아 턱이 파르르 떨릴 만큼 악을 쓰고는 씩씩거리며 다시 가던 길로 발걸음을 옮겼다. 가다가 어딘가 불안해서 뒤를 힐끗 돌아보니 혜리는 멀어지는 내 뒷모습을 멍하니 보고 있었다. 그러더니 나와 잠시 눈이 마주치자 체념한 얼굴로 뒤를 돌아 걸음을 옮겼다. 얼마쯤 걸었을까? 갑자기 뒤에서 폭발음처럼 '쾅!' 하는 큰 소리가 들렸다. 뒤이어 애들이 연속적으로 비명을 질렀다. 놀라서 소리 난 쪽을 돌아보자 하교하고 있던 여자애들이 벽에 처박힌 덤프트럭 주위에서 비명을 지르고 있었다. 주변을 둘러봐도 혜리는 보이지 않았다. 불안한 예감이 나를 확 덮쳤다. 설마설마하며 덤프트럭 쪽으로 내달렸다. 심장이 불규칙하게 뛰었다. 다급한 마음에 모여 있는 애들 사이로 고개를 들이밀자, 얼굴을 가리고 비명을 지르고 있는 여자애들 근처에 어떤 형체가 보였다. 발을 동동 구르고 있는 사람들을 헤치고 맨 앞에 가서 서자, 온몸이 떨리기 시작했다. 덤프트럭 바퀴에 끼인 낯익은 책가방이 보였다.

20

혜리의 사인은 덤프트럭 브레이크 고장이었다. 주차되어 있던 덤프트럭에 인부가 타서 시동을 거는 순간 내리막길에서 미끄러져 벽을 박았다고 한다. 한동안 충격에서 헤어나지 못해 멍한 상태로 있는 날들이 많았다. 혜리의 사고는 우리 반 모두에게 충격이었다. 선생님들은 학부모 전화와 대면 상담을 소화하느라 수업 시간 중에도 쉴 새 없이 교실을 떠났고 우리는 자습하는 시간이 많아졌다. 나는 혜리가 세상을 떠나기 전에 혜리에게 했던 말들을 어느 누구에게도 할 수 없어 선생님에게 아무 도움도 청하지 못하고 있었다. 게다가 아빠는 오랫동안 해외 출장을 간 상황이어서 나는 의지할 사람 없이 모든 걸 혼자 감당해야 했다.

그저 멍하게 학교생활을 하고 집에 들어와 침대에 무채색으로 누워만 지냈다. 아빠는 긴 출장을 마치고 돌아왔지만 나는 예전처럼 그 누구도 밝게 대할 수 없었다. 아빠와 소원해진 것도 당연한 일이었다. 자세한 사정을 제대로 알지 못하는 아빠는 딸이 그저 사춘기여서 그런 거라고, 흔들리는 시기에 찾아온 성장통을 곧 이겨 낼 거라고 애써 기다리는 것 같았다.

혜리가 사고를 당한 후문 쪽 길은 도저히 가 볼 수 없어서 정문으로 돌아가는 길을 택하던 날들이었다. 늦은 가을비가 추적추적 내렸고 누군가 창문을 보며 말했다.

"오늘로써 혜리 핏자국도 다 지워지겠네. 좋은 곳으로 갔으면 좋겠다."

그 말에 많은 생각이 들었다. 집에 가는 길에 혜리의 마지막을 함께하고 싶은 마음에 몇 번을 망설이다가 발길을 돌려 후문 쪽으로 향했다. 사고 현장 바닥에는 스프레이로 혜리의 윤곽이 그려져 있었고 핏자국이 희미하게 남아 있었다. 나는 혜리를 불러 보았다.

"혜리야, 춥지?"

우산을 들어서 흰 스프레이 위로 씌워 주자 빗줄기가 내 머리 위로 떨어졌다. 비에 젖건 말건 나에게 그건 중요한 문제가 아니었다. 나는 천천히 혜리에게 하고 싶은 말을 꺼내 놓기 시작했다. 처음 만났던 일, 기술·가정 시간에 손을 들고 내 칭찬을 해 준 일, 같이 별 보고 소원 빈 일, 많이 웃고 행복했던 지난날들⋯⋯. 그렇게 얼마의 시간이 지났는지 모르겠다. 팔이 아파 오면 다른 쪽 팔로 바꿔 우산을 씌워 주며 많은 얘기를 풀어놓았다. 지나가는 사람들이 나를 힐끔거렸지만 신경 쓰지 않았다.

그 모습을 반 애들이 보았는지, 다음 날 학교에 도착해 교실 문을 열었더니 순간 조용해지면서 분위기가 싸해졌다. 가방을 내려놓으려다 나는 저벅저벅 걸어가 문을 쾅 닫고 나왔다. 문이 닫히자마자 재수 없다는 반 애들의 말소리가 문 너머로 소란스럽게 들렸다. 그때 나는 모든 학교생활을 포기하기로 조용히 다짐했다. 내가 사는 곳은 인천이었고, 인천은 가까운 곳에 바다가 있는 지역이다. 학교에서 나온 나는 무작정 버스를 타고 바다를 찾아갔다. 버스에서 내려 조금 걸으니 파도가 철썩철썩 치고 바닷새들이 끼룩거리며 울고 있었다. 혜리의 유골이 저 파도에 춤추며 흩어졌으리라 생각하니 똑같이 이 자리에서 서서히 풍화되어서 바닷바람에 가루처럼 날려 사라지고 싶었다.

바다를 보고 있으니 바닷물이 울컥울컥 들어온 듯 마음이 잠겼다. 물속에 들어가면 소리가 차단되어 귀가 먹먹해지듯 바다에 갔다 온 이후 반 친구들 목소리는 물 밖에서 웅얼거리는 소리로밖에 느껴지지 않았다. 누군가 웃으며 말을 걸어 주어도 벽이 생긴 것처럼 감정이 전해지지 않았다. 이런 나에게 진정으로 손을 내밀어 주는 선생님이나 친구는 단 한 명도 없었다. 잠식되어 꿈꾸듯 몽롱한 하루가 익숙해지다가도 어느 날은 아무도 없는 집 안에서 침대에 누워 하염없이 엉엉 울기도 했다. 아픔은 기억 속에 박혀 지글거리는 석탄처럼 도무지 익숙해지지 않았다. 혜리에게도 아픔 주고 싶지 않은 가족이 있었고 상처 주고 싶지 않은 사람들이 있었을 텐데. 내가 혜리에게서 모든 것을 뺏었다는 생각이 자꾸 들었다.

혜리의 일은 점점 아이들 사이에서 잊혀 갔지만 나는 덩그러니 그 자리에 남아 있었다. 그렇게 그림자처럼 그 시간에 숨어 나는 아무것도 아닌 사람이라고 되뇌었다. 내 존재를 사람들이 대수롭지 않게 여기면 유령처럼 투명해져 점점 사라질 수도 있을 거라고 생각했다. 그렇게 세상에서 사라져 버리고 싶었다.

21

재하가 광장으로 찾아왔다. 단톡방에 올라온 버스킹 영상을 봤냐고 물어볼까? 봤으니 여기까지 온 거겠지. 나는 어떤 말을 꺼내야 할지 도무지 몰라서 재하 눈치만 보며 앉아 있었다. 괜히 재하에게 실망을 준 것 같아서 심장이 바닥까지 계속 가라앉는 기분이었다. 재하는 한참을 가만히 있다가 말을 꺼냈다.

"배, 오늘 일 너무 속상해하지 마. 결국 우리는 어른이 되어야 하니까."

"무슨 소리야. 어른이 되는 게 뭔데?"

가끔 재하는 엉뚱한 말을 할 때가 있었다. 또래보다 원숙한데 가끔 이상한 말을 하는 재하. 그래서 내가 좋아하는 재하.

어른이 되는 건 술 마시고 담배 피워도 아무도 뭐라고 못 하는 거 아닌가? 생각에 잠겨 있는데 재하가 말했다.

"좋은 사람 많이 만나고 멋진 순간 자꾸 만들어 가는 거. 그런 게 어른스러워지는 거고 어른이 되는 거지. 아까는 시행착오인 거고."

"그게 어른 되는 거면 이미 나도 어른인데."

"좋은 사람은 누구고 멋진 순간은 언제인데?"

너고, 너와의 순간이라고 나는 속으로 가만히 말해 보았다. 그러나 나는 재하 앞에서 언제나 마음을 숨겨야 하는 역할을 맡고 있었다. 그래서 차마 사실대로 대답할 수가 없어 우물쭈물하다가 오히려 되물었다.

"흥! 누구고 언제일 것 같은데?"

"오늘 만날 관객이고 오늘의 버스킹 순간."

"너, 내가 얼마나 망했는지 버스킹 동영상을 보고도."

"이제부터 성공하면 되지. 나는 들어갈게. 우리 어른 되어서 만나자."

"나 어린애 아니거든?"

재하가 "갈게."라는 말을 남기고 자리에서 일어났다. 나는 장난스럽게 재하 팔을 두 손으로 꼭 감싸고는 "아니, 안 돼. 못 가." 하며 장난스럽게 붙잡았다. 재하는 하하 웃으며 "알았어, 팔 놔. 십 분만 더 있을게."라며 자리에 앉았다.

저녁 무렵이어서 여름인데도 꽤 선선했다. 우리의 하얀 하복과 등 뒤 나무에 매달린 시끄러운 매미 소리, 그리고 바삐 지나가는 사람들과 맑은 하늘. 모든 게 한 장면으로 기억에 오래도록 남을 것 같았다. 재하도 나도 둘 다 말이 없었다. 나는 침묵 속에서 재하가 아까 말한 어른이 된다는 말을 다시 생각해 보았다. 어른이 된 재하는 어떤 모습일까? 아마도 졸업하면 명문대 대학생이 되겠지. 많은 사람을 만나고 좋은 순간을 자주 겪으며 점점 어른이 되어 가겠지. 반면에 나는…… 어떤 어른이 될까? 사람을 피해 방구석에서 혜리만 그리워하고 아파하는 사람으로 남을까? 어쩌면 나는 영원히 어른이 되지 못할지도 모른다.

지금은 재하와 둘이 나란히 앉아 있지만 언젠가는 멀어질 날이 올 것이다. 서로 연락도 하지 않고 소식도 모르게 될 날이, 그 언젠가는.

"오늘 잘할 수 있지? 포기하지 마. 되든 안 되든 해 보는 거야. 십 분 다 됐다. 갈게."

그렇게 말하며 재하가 다시 일어나려고 했다. 지금처럼 재하는 언제나 바쁘고 재하와 시간을 보내고 싶어 하는 사람들은 나 말고도 많다. 그런데 나는 어떤가? 내 인생에 재하 같은 사람이 또 올까? 재하가 떠나고 나면 나는 다시 어떤 삶을 살아가야 할까? 여러 가지 복잡한 생각에 눈물마저 핑 돌 지경이었다. 나는 속상하고 아쉬운 마음에 재하를 부르며 아무 말이나 던졌다.

"재하야, 나 왜 이렇게 바보 같을까?"

"'같을까'가 아니라 그냥 바보 아니야?"

"그래, 나는 바보 멍청이야. 잘하는 거 하나 없고 오늘도 바보같이 버스킹 하다 비웃음만 사고. 나 내일 학교는 정말 어떻게 가? 난 바보가 맞아."

"바보가 들으면 기분 나쁘겠다."

"아! 난 왜 이렇게 이재하 같을까!"

재하가 하하 웃으며 "그건 기분 좋은데?"라고 대답했다. 내가 뭐가 기분 좋냐며 시무룩해하자 재하가 내 기분을 살피며 물었다.

"배, 뭐 내가 도와줄 건 없어? 소원 있으면 말해 봐. 내가 다 들어줄게."

"나 대신 광장에서 노래 불러 줘."

"난 들어만 준다고 했잖아. 아, 경청 잘했다."

"거봐, 너도 사람들 앞에서 노래하는 거 못하잖아."

재하가 머쓱했는지 씩 웃고는 산뜻하게 대답했다.

"응, 맞아. 나 못 해. 왠지 알아? 난 바보고 멍청이고……."

"무슨 소리야? 왜 그래? 그런 말은 정말 꺼내지도 마!"

내가 놀라서 황급히 외치자 재하가 또 재미있다는 듯이 웃었다. 나는 재하를 웃게 하는 일이 좋았다. 지금처럼 재하가 나를 보고 웃어 줄 때 나는 내가 좋았다. 재하가 큼큼 목을 가다듬더니 물었다.

"왜 너는 그런 식으로 말해도 되고 나는 안 돼?"

"나랑 너랑 같아? 넌 사랑 많이 받아야 하는 사람이고 난……."

"나, 너 좋아하는 사람 알아."

나는 놀라서 눈을 동그랗게 떴다. 하지만 재하가 또 나를 놀리는 걸 테니 심드렁하게 뱉었다.

"날 좋아하는 사람? 우리 아빠?"

"땡. 정답은 배서인."

나는 무슨 말인지 몰라 가만히 있었고 재하가 차분히 이어서 말했다.

"배, 사랑스러운 사람은 모두에게 사랑받게 되어 있어. 왜 그 사랑해 주는 사람 중에서 자기 자신은 예외라고 생각해?"

나는 고마워서 잠깐 아무 말도 못 했다. 지난 여름밤에 내가 했던 말을 재하는 정확히 기억하고 있었다. 이쯤 하면 됐다. 나는 아쉽고 속상한 미련을 이만 달래고 재하를 보내 줘야겠다는 생각이 들어 말했다.

"잘 가. 오늘 와 줘서 고마워. 난 장비 좀 정리하고 갈게."

"이대로 가면 네가 앞으로 랩 안 할 것 같아서 불안해."

168

나는 아무 말 없이 일어나서 마이크와 스피커를 정리하러 장비 쪽으로 걸어가기 시작했다. 재하가 뒤따라오면서 마이크를 정리하려는 나를 막으며 말했다.

"배, 잠깐만."

"재하야, 나 정리할 거야. 더 이상은 랩 할 자신이 없어."

"아니, 그게 아니라 나도 노래 한 곡 하자고."

나는 당황스러웠지만 재하는 핸드폰을 어떻게 연결해야 하냐는 둥, 엠알은 어떻게 찾아야 하냐는 둥, 아예 무반주로 불러 버리겠다는 둥 진심인지 농담인지 모를 말을 했다. 나는 진지한 재하의 태도에 떨떠름하면서도 부를 노래를 물어보고 엠알을 틀어 줬다. 전주가 흐르자 재하가 긴장한 듯 하늘을 보고 한숨을 크게 쉬더니 눈을 꼭 감고 노래를 부르기 시작했다.

지나가던 사람들이 점점 발길을 멈춰 구경하다가 떠나갔다. 노래는 어느새 후렴구에 다다랐다. 재하는 긴장이 풀렸는지 더욱 진지하고 성의 있게 부르기 시작했다. 구경하다가 발길을 옮기는 사람보다 구경하기 위해 멈추는 사람이 늘면서, 얼마 되지 않아 삼삼오오 사람들이 모여 내 옆에서 재하의 노래를 들었다. 내 옆에 있던 어떤 대학생 언니들이 나에게 물으며 자기들끼리 재잘거렸다.

"저 사람 가수는 아닌 것 같고. 이거 거리 노래방이죠?"

"야, 연습생 아냐? 좀 생겼어."

"아냐, 들어 봐. 실력이 가수가 아닌데?"

그 순간 노래가 끝나고 사람들은 예의상인지 박수를 보내 줬다. 재하가 마이크를 놓지 않고 사람들을 둘러보며 씩씩하게 말했다.

"안녕하세요. 저는 열일곱 살 이재하입니다! 사실 제 친구 버스킹에 따라 나와서 저도 한 곡 불러 봤습니다. 제 친구도 고등학생인데 랩 되게 잘하거든요. 여기 계신 분들 삼 분만 시간 내서 들어 주시면 저랑 제 친구에게 정말 멋진 기억으로 남을 것 같습니다. 부탁드립니다!"

재하는 인사를 90도로 꾸벅하더니 무슨 생각인지 나를 무대로 불렀다. 나는 경악스러운 마음으로 재하가 깔아 놓은 멍석 위로 올라갈 수밖에 없었다. 무대에 서니 사람들이 온화한 표정으로 내 랩을 기다리고 있었다. 나는 경황없이 음악을 틀고 기어들어 가는 목소리로 랩을 시작했다. 박자를 못 타면서 가사를 계속 저는데 재하는 계속 "멋지다, 배서인! 누나 멋져요!" 하면서 응원을 해 주고 있었다.

나는 숙였던 고개를 살짝 들어 보았다. 장난스러운 외침과 달리 재하의 얼굴에 간절함이 담겨 있었다. 그 모습을 보자 아까 재하가 말했던 '사랑스러운 사람'이라는 말이 떠올랐다. 어쩌면 진짜 아닐까? 어쩌면 내가 정말 사랑받을 만한 사람이어서 이렇게 재하의 마음을 받고 있는 거 아닐까? 나는 그 순간

온 힘을 다해서라도 그 마음에 보답해야겠다 싶었다. 재하 말대로 되든 안 되든 꼭 해내야 했다.

나는 목소리에 힘을 실었다. 손으로 리듬을 타기 시작했다. 발걸음을 떼서 한 사람씩 눈을 맞추며 호흡하기 시작했다. 나는 내가 아닌 것처럼 사람들과 하나 되고 있었다. 나는 재하와 눈이 마주치자 랩을 하면서도 속으로 이런 생각이 들었다.

'나 이런 사랑을 받아도 되는 사람 맞지? 네 말대로 나 사랑스러운 사람 맞지? 그러니까 날 떠나지 않을 거지?'

사람들이 점점 모여들었고 하나둘 손을 들어 리듬을 타기 시작했다. 그 순간에는 부끄러워할 것도 창피해할 것도 없었다. 내가 진심으로 지은 가사였고 내가 최선을 다해 뱉는 랩이었다.

이윽고 랩이 끝나자 모두 박수를 보냈고 나는 그 박수 소리가 감사해서 눈물이 터지고 말았다. 얼굴을 감싸며 울고 있는 내 옆에 재하가 와서 사람들에게 큰 소리로 "감사합니다!" 하고 한 명 한 명한테 고개를 꾸벅꾸벅 숙였다. 몇몇 사람이 자리를 떠나며 외쳤다.

"멋져요!"

"학생이 아주 잘하네!"

"잘 들었어요!"

나는 눈물을 닦고 얼른 감사하다고 함께 고개를 숙였다. 호흡이 잦아들고 눈물이 멈추자 내가 비로소 해냈다는 걸 깨달았다. 생각만큼 무서워할 일도, 힘든 일도 아니었다. 나는 그제야 어떤 벽을 넘은 것 같은 기분이 들었다. 재하가 있는 한 나는 사랑받을 수 있는 사람이니까 무대에 설 수 있을 것이었다.

22

　예선을 가볍게 통과하고 드디어 '틴 스웨거' 본무대를 앞두고 있었다. 대기실 안에서는 사람들이 이어폰을 꽂은 채 랩을 쉴 새 없이 뱉었다. 긴장을 풀기 위해 가볍게 스트레칭을 하는 사람도 있고 목을 푸는 사람도 있었다. 나는 호흡을 고르고 가만히 앉아 생각에 잠겼다.

　'내가 래퍼가 되려 이 자리에 있는 이유가 뭐지? 아빠를 위해서였나? 재하에게 다가가고 싶어서였나? 혜리 꿈을 대신 이뤄 주기 위해서였나? 그게 아니면…….'

　잠시 긴장이 되었다가도 재하만 떠올리면 풋 웃음이 나면서 자신감이 들었다. '틴 스웨거' 관중석에 앉아 있을 재하는 지금 나를 향해 어떤 응원을 담아 보내고 있을까? 나는 재하만 있다면 분명 무대를 성공적으로 해낼 자신이 있었다. 재하에게 사랑스러운 사람인 만큼 분명 관중들에게도 사랑받을 수 있을 테니까.

여전히 혜리가 마음에 밟힌다. 혜리의 꿈을 내가 대신 이뤄 줄 수만 있다면 혜리도 모든 아쉬움을 뒤로하고 마음 편히 가야 할 길로 떠날 수 있을 것이다. 내 재능과 소질을 알아봐 주고 인정해 준 혜리 덕에 나는 이 자리에 설 수 있던 게 아닐까? 누군가 나를 믿어 준다는 건 정말 쉽지 않은 일이다. 내가 혜리를 보던 시선으로 혜리도 나를 봤겠구나. 무대 위의 빛나는 나를.

핸드폰을 열자 아빠의 응원 메시지가 와 있었다. '틴 스웨거'에 나간다고 하자 아빠는 놀라는 눈치였다. 아빠가 나에게 잘하고 오라는 말 대신 진심으로 건넨 건 고맙다는 말이었다. 고맙다는 말 안에 어떤 마음이 담겨 있는지 안다. 그동안 아무 말 없이 날 믿고 묵묵히 기다려 준 아빠가 나에게 한 말은 용기를 내 줘서 고맙다는, 마음을 열어 줘서 고맙다는 말이었다.

그리고 이 자리에 서 있게 해 준 사람 중 마지막으로 떠오른 건…… 바로 나 자신이었다. 언제나 숨고 억누르며 지내던 지난날. 그런 내가 이제 세상을 향해 날아올라 보려 한다. 나는 이제 나를 용서해 보려고 한다. 나는 나를 사랑해 보려고 한다. 더 이상 숨어 있지 않을 것이다. 지난 날의 상처를 돌아본다. 흉터가 길게 남았지만 어느새 아물어 있었다. 응원해 준 재하, 기다려 준 아빠, 날 알아봐 준 혜리, 그리고 용기를 내 준 나. 모두 이루 말할 수 없이 소중한 사람들이었다. 나는 더 이상 두려울 것도, 겁먹을 것도 없었다. 나는 분명 잘하고 올 것이다. 반드시.

대기실 문이 열리고 검은 티를 입은 스태프가 내 번호를 부른다. 나는 경쾌하게 대답하고는 당당하게 일어나서 무대로 향하는 복도를 걷는다. 강한 자신감과 확신이 차올랐고 심장은 기분 좋은 박동을 전해 주고 있었다. 나는 숨을 한 번 크게 들이쉬고는 가볍게 미소를 지어 본다.

'틴 스웨거' 3등이라는 사실에 이미 단톡방에서 난리였다. 지역 방송을 봤다는 애도 있었고 직접 참관했다는 애도 있었다. 하나같이 나보고 정말 멋있었다면서 다른 사람처럼 보였다고 했다. 벌써부터 팬 하겠다는 애들도 줄을 이은 것은 물론이고 무대가 끝나고 대기실로 향하는데 한 레이블 관계자가 명함을 주며 오디션을 제의하기도 했다.

학교에 와서도 내 자리 주변은 와글와글 난리였다. 사인을 받아 가는 애도 있었고 날 구경하러 다른 반에서 오는 애들도 있었다. 나는 이 과도한 관심에 머쓱해하면서도 기분이 좋아서 수줍게 웃었다. 선생님도 조회 시간에 서인이 공연 잘 봤다면서 엄지를 치켜들 정도였다.

재하는 애들이 내 주변에 바글대자 낯설었는지 거리를 두고 자기 자리에서 조용히 공부를 하고 있었다. 나는 재하에게 가서 장난을 걸어 보거나 말이라도 걸어 봐야겠다는 생각이 들었지만 몰려드는 애들을 상대하느라 재하에게 갈 틈이 없었다.

시간이 지나 잠잠해졌을 무렵 사물함에 가서 책을 꺼내는데 재하가 빌려준 리리 자서전이 눈에 띄었다. 얼마 전에 리리 이야기를 하다가 재하가 나에게 리리 좋아하냐며 말했었다.

"우리 집에 리리 자서전도 있어. 빌려줘?"

"응, 빌려주라."

혜리 덕분에 리리 자서전을 읽어 본 적 있지만 재하가 책을 빌려준다는 게 좋아서 안 읽어 봤다며 빌려달라고 했다. 일주일 전쯤인가 재하가 학교에 등교하자마자 나에게 리리 자서전을 건네주었는데 '틴 스웨거' 준비 때문에 경황이 없어서 사물함에 넣고 잊고 있었다. 나는 리리 자서전을 돌려주면서 재하에게 말을 걸면 되겠다 싶어서 책을 꺼내 휘리릭 넘기며 내 자리로 왔다. 그때, 앞 장에 낯익은 글씨가 보였다. 혜리가 빌려줬던 리리 자서전 앞 장에 있는 문구와 같은 필체, 같은 내용이었다.

언젠가 무대에 설 너를 기대하며.

-오빠가-

나는 고개를 천천히 들어 재하를 보았고 재하도 내 시선을 느꼈는지 이쪽으로 고개를 돌렸다. 그 순간 재하와 혜리가 겹쳐 보였다. 모든 상황이 들어맞자 내 눈에서는 겉잡을 수 없이 뜨거운 눈물이 흐르기 시작했다.

23

서인아, 할 말이 있어.

동생이 사고로 떠난 후 우리 부모님은 한동안 넋이 나가 있었어.

나는 그 속에서 어떻게든 부모님 챙기려고 애쓰느라 시간이 어떻게 갔는지도 모르겠어.

공부 잘하고 당차던 동생 빈자리 채워 드리고 싶어 뭐든 이 악물고 열심히 하던 날들이었어.

동생의 사고는 말로 표현할 수 없을 만큼 큰 슬픔이었지만 모두의 노력 덕분에 가족들은 몇 년이 지난 지금에는 꽤 이겨 낸 것 같아.

동생의 죽음을 받아들이고 보내 주기까지 시간이 많이 걸렸지만 서로 힘이 되어 주고 많이 다독여 주었기에 가능한 일이었어. 서인아. 그래서 누군가를 건강하게 떠나보내는 일이 혼자서는 정말 힘들다는 거 잘 알아.

여동생 있냐고 물었지. 마음속 어딘가에 영원히 남아 있는 혜리가 내 쌍둥이 동생이야. 혜리는 네게 어떤 애였어? 난 이상하게 동생만 생각하면 우리 집 다락방이 떠올라. 혜리는 다락방에서 책 읽는 걸 좋아했고 가끔 다락으로 올라가는 계단을 통해 노랫소리가 들리기도 했어. 혜리의 아지트에 가는 건 우리 가족에겐 너무 아픈 일이라, 나조차도 사고 이후 한참 만에야 올라가 볼 수 있게 되었던 것 같아. 그렇기에 다락방 구석에서 그 상자를 발견한 것도 순전히 우연이었어. 상자에는 손 글씨 가득한 편지와 교환 일기장 한 권이 있었어. 뭔가 하고 쪽지에 가까운 편지 하나를 꺼내 봤어.

혜리에게
사랑하는 낱말들만 담아 보내.
도란도란, 낭만, 그리움, 보랏빛,
노을, 첫사랑, 천천히, 벚꽃 잎,
일렁이다, 십이월, 선율, 의미,

기다리다, 설렘, 필연, 메아리,

여물다, 오후, 쌓이다, 새벽 비,

손끝, 미소 짓다, 그리고 혜리

-서인이가-

서인아, 나는 그때 너를 처음 알게 된 거야. 나는 남은 편지들도 하나씩 펼쳐서 읽어 보고, 교환 일기장도 밤새워 천천히 아껴 읽었어. 그 상자에 담긴 것들은 나를 미소 짓게도, 울게도 만들었지만 결국 느낀 감정은 고마움이었어. 혜리랑 친하게 지내 줘서, 동생이 떠나기 전 정다운 추억 많이 안고 갈 수 있게 해 줘서 참 고맙더라.

이렇게 순수하고 따뜻한 친구라면 어디에 있든 사랑 많이 받으면서 지내리라 굳게 믿었어.

고등학생이 되고 같은 반이 되었을 때, 배서인이라는 이름에 설마 싶었어. 핸드폰 케이스에 혜리 사진을 끼우고 다니면서 모두를 밀어내는 네 모습에 적잖이 당황하기도 했고.

그래서 거짓말을 했어. 그래서 나는 거짓말을 할 수밖에 없었어. 인터넷 포털 사이트에서 전기 자석 자기 컨트롤러를 사면 몇만 원에 전자석 코일 두 개와 리모컨까지 금방 도착해. 전자석 기억나려나? 초등학생 때 교과서에도 나왔는데. 전자석 코일 두 개를 과학실 책상 밑에 붙이고 리모컨만 조정하면 동전은 공책 위에서도 자유롭게 좌우로 움직여.

서인아, 사실 나는 봄이를 좋아해. 봄이랑 오래전부터 사귀고 있어. 너를 위해서 어쩔 수 없다고 생각했던 거짓들이 지금에 와서는 이기적이고 잔인했다는 거 알아. 네가 괜찮아질수록 나도 괜찮아지는 것 같아서 어쩔 수 없었다면 날 많이 미워할까? 동생에게 말만 오빠였지 후회만 남을 정도로 못 해 준 게 너무 많아서, 죄책감에 너의 마음을 알면서도 계속 네 옆을 떠나지 못했어. 너를 속이면서까지, 봄이에게 미안해하면서까지도.

이제 우리는 각자의 길로 걸어가게 되겠지. 꿈 찾은 거 축하하고 언제나 응원해. 가수가 되고 싶어 하던 혜리의 꿈, 대신 이뤄 주길 바랄게.

멋지다, 배서인.

에필로그

서인아, 내가 너랑 친해지겠다고 다짐했던 건 아마 그날이
었을 거야.

우리가 서영여중으로 진학한 지 한 달쯤 지났던 4월의 어느 날.

우리 반에는 김지나라는 애가 있었지.

너는 김지나가 이름 대신 "야, 따까리!"라고 불러도 아무 말
도 못 하는 애였고.

짝꿍에게 지우개 빌려달라는 말 한마디 거는 것도 조심스
러워하던 네 태도와 세상 모든 걸 경계하던 네 눈빛이 기억나.
사실 당시에는 꽤 이상하게 생각했어. 무시와 무관심 어딘가
의 시선으로 널 보곤 했으니까.

그날 시계는 오후 여섯 시를 조금 넘긴 시간을 가리키고 있었어. 네 시경에 근처 서영여중이 끝나자마자 붐비기 시작하는 우리 가게는 이 시간이 되면 순식간에 조용해져. 학생들은 모두가 학원에 가 있을 시간이고 일곱 시 정도는 되어야 저녁으로 찌개를 주문하는 아저씨들이 몇 명씩 들어오지. 노을과 햇살이 섞여 거리에 온기를 남기는 시간답게 가게 안은 평화롭고 한가로웠어. 그렇게 나는 오후의 햇살을 받으며 맛나분식 통창 앞에서 떡볶이를 젓고 있었고. 멍하게 떡볶이를 젓다가 왠지 오늘 학교에서의 네가 생각났어. 기술·가정 시간의 널 생각하니 뿌듯함과 설렘 어딘가의 기분이 들기도 했고 말이야. 그렇게 자꾸만 생각이 붙어 떨어지지 않더라. 같은 반이라는 것과 배서인이라는 이름, 그리고 몇 가지만 알 뿐인 네가.

엄마가 문을 열고 들어오면서 말했어.

"에이그, 재수 없게 길에 고양이가 죽어 있다."

로드킬을 당한 거겠지. 나는 통창을 통해 길모퉁이를 내다보았어. 길가에 누군가 쭈그리고 있었는데 자세히 보니 너였어. 마법 같은 우연에 살짝 놀라기도 했지만 쭈그리고 있던 네 앞의 납작한 형체가 죽은 고양이라는 걸 알고는 의아함과 흥미가 일었어.

나는 통창 너머 너를 보고 있었고 너는 쭈그린 채 차에 치인 고양이를 보고 있었어. 한참을 가만히 있던 네가 갑자기 주위를 두리번거리더라. 그러더니 문구점으로 가서 손에 뭔가를 들고 오네. 삽하고 쓰레기봉투를 빌려 온 것 같아. 죽은 고양이를 쓸어 담아 봉투에 넣고 있어. 길가에 납작하게 붙어 있는 로드킬 당한 사체는 보통 그냥 지나쳐 가는데 말이야. 이윽고 너는 고양이가 담긴 봉투와 삽을 들고 사라졌어.

떡볶이가 먹기 좋게 졸아서 불을 낮췄어. 밖은 순식간에 어두워지려 했지. 나는 가만히 다시 네 생각에 잠겼어.

"혜리야, 가서 파 좀 사 와라. 파가 떨어졌다."

멍하니 그렇게 너를 생각하고 있다가 엄마의 말에 봄 점퍼 하나 챙겨 입고 밖을 나섰어. 골목을 걷다 보니 놀이터 옆 나무들 많은 언덕배기에서 네가 삽으로 열심히 구덩이를 파고 있었어. '무덤을 만들어 주려나 봐.' 왠지 모르게 한 번 더 미소가 지어졌어.

파를 사서 오다 보니까 이제 너는 경비 아저씨한테 혼나고 있어. 경비 아저씨가 험악한 표정으로 소리를 크게 질러.

"야! 네가 책임질 거야? 어?"

이야기를 들어 보니, 고양이 묻어 줬다가 근처 아파트 주민들에게 항의 들어오면 어쩔 거냐는 게 요지였어. 너 들으라는 건지 대놓고 욕지거리도 씩씩거리며 읊조리는데 넌 그 앞에서 두 손 모으고 고개만 푹 숙인 채 얼어 있다. 아무도 손을 들지 않던 아까 교실의 칭찬 시간 같아. 경비 아저씨가 소리 지르고 욕설까지 뱉고 있는 상황은 끝날 줄을 모르네.

'아니, 쟤는 왜 자기 할 말도 제대로 못 해?'

보다가 답답함이 일어서 나도 모르게 그쪽으로 척척 걸어가기 시작했어. 그러고는 방어하듯이 너와 경비 아저씨 사이에 서서 최대한 당당하게 외쳤어.

"아저씨, 아까부터 너무하시는 거 같은데요? 욕은 왜 하시는 거예요?"

갑자기 던진 물음에 아저씨가 할 말을 찾지 못한 것 같아. 당황한 표정으로 나를 보고만 있다가 머쓱한지 호주머니에서 손수건을 꺼내 목덜미를 닦았지. 그러고는 한층 가라앉은 기세로 말했어.

"아니, 그러니까……."

"학생이라고 소리 지르고 욕해도 되는 거예요? 너무하신 거 아니에요?"

경비 아저씨는 저쪽에 안 보이는 데 가서 묻어 주면 좀 좋냐며 얼버무리고는 황급히 자리를 피해 버렸어. 난 네 손에서 삽을 빼앗아 들고는 말했어.

"가자. 고양이 챙겨."

나무들 사이로 들어가는데 봉투를 들고 네가 따라왔어. 나는 대충 아무 데나 가리키며 물었어.

"여기쯤?"

평소보다 기가 죽어 보이는 네가 고개를 도리도리 젓더니 손으로 저기 어딘가를 가리킨다.

"어휴, 그래, 가자."

네가 원하는 지점에 가서 나는 삽으로 구덩이를 푹푹 팠어. 그러고는 네가 고양이를 구덩이에 넣자 흙을 덮었지. 큰 삽 덕분인지 빠른 시간 안에 무덤은 완성되고 이쯤이면 된 것 같아서 삽을 건네며 말했어.

"그래, 그럼, 난 갈게!"

"저기…… 나는… 그게……."

"고맙다고?"

네가 고개를 크게 끄덕였고 나는 잠시 망설였어. 한 발자국 더 다가가 볼까 하고 말이야. 마침내 용기를 내어 물었어.

"혹시 시간 있어? 지금 우리 가게 가서 떡볶이 먹을래? 공짠데."

너는 대답 없이 고개만 푹 숙이고 있었어. 푹 숙인 고개에 내가 이러는 게 부담스럽나 싶어 한 발자국 물러나려던 찰나였어. 네가 울먹이는 목소리로 말했어.

"고마워…… 오늘 기술·가정 시간에도 그렇고…… 나 챙겨 줘서……."

나는 그 말이 귀여워 소리 내어 웃고 말았어. 내가 웃자 반대로 네가 울기 시작했고. 웃는 내 앞에서 너는 참 서럽게 울었는데, 그간 꾹꾹 참아 온 시간들을 알 것 같은 울음이었어. 그때 나는 너의 등을 쓸어 주면서 다짐했어. 나 얘랑 꼭 친구가 되어야겠다고.

작가의 말

오래도록 구상만 하던 장편 습작을 다시 꺼냈다. 오래된 먼지를 툭툭 털었다. 아직까진 그저 흩날리는 조각들일뿐. 햇살을 품은 것처럼 따뜻한 이야기를 쓰고 싶었다. 아무리 꽉꽉 걸어 잠근 문이라고 하여도 활짝 열 수 있는 다정한 말벗 같은 청소년 소설을.

글을 쓸 때 떠오르는 영감을 종이, 즉 지면에 옮겨 놓는 편이다. 그 조각들을 모아 장편으로 엮는 일은 언제나 신난다. 서인이라는 인물을 처음 구상할 때, 떠오르는 대로 수첩에 휘갈겼던 낙서가 있다.

청량하고 밝은 너와 있다 보면 내 삶에도 볕이 드는 것만 같아.

그래서 축축한 내 마음을 네 앞에서 자주 꺼내 말리곤 해.

그러느라 종종 내 마음을 들키는 줄도 모르고.

　세 줄에서 시작한 서인이가 어느덧 한 권의 이야기가 되어 청소년 독자분들과의 만남을 앞두고 있다.

　독자께서 이 이야기를 너무 마음 아프게 읽으실까 봐 우려스럽다. 결말 뒤에는 여전히 상처 입은 마음의 응어리를 오래오래 녹여 다른 감정에 희석해야 하는 서인이가 있지만, 아마 서인이는 괜찮을 것이다. 적어도 나는 그렇게 믿는다.

　사랑이라는 건 무엇일까? 보통은 사랑을 '많이' 하라고 말한다. 그 나이에만 할 수 있는 사랑이 있다거나, 자꾸 해 봐야 무엇이 더 건강한 관계인지 알 수 있다고도 한다. 그러니까 되도록 사랑을 하라고. 날 사랑해 주는 사람들, 날 미워하는 사람들, 날 스쳐 지나가는 사람들…… 사람들을 사랑해 보라는 것이다.

　사실 이렇게 쓰면서 조금 부끄러워졌다. 고백하자면, 나는 사랑에 서툴다. 창피하다. 그래서 원래는 재하가 했던 말처럼 '어른이 되는 건 좋은 사람들과 좋은 순간들을 많이 만들어 가는 것이다. 좋은 사람들과 좋은 순간을 만들어 가려면 오직 사랑만이 정답이다!' 그저 이렇게만 말하고 작가의 말을 맺으려고 했는데, 사랑에 관해 뭐라도 아는 사람인 양 으스대는 것 같아 마음이 불편했다.

나 또한 날 사랑해 주는 사람에게 사랑을 잘 표현하지 못하고, 스쳐 지나가는 사람들에게 그렇게 관심을 기울이지도 않고, 날 미워하는 사람들 앞에서는 상처 받기 일쑤다. 세상을 사랑하며 살고 싶은데 어렵고 아프고 잘 안된다. 그래서 나는 서인이가 부럽다. 이루어지는지와는 별개로 사랑 앞에 마음을 다할 줄 아는 그 용기가.

오래도록 찻잔을 쥐었다 놓았다 했다. 심장 깊은 곳의 태엽을 끝까지 감아 본다. 빼곡히 그려 놓은 인생 노선을 비웃기라도 하듯 삶은 탈선한다. 나는 자꾸만 최단 거리를 계산하며 효율을 따진다.

오늘은, 손에 쥔 능력이 너무 초라해서 울고 싶어지는 날, 함부로 내일을 기대하기도 부끄러운 작은 현실 때문에 속상한 날, 빼곡하게 기다리고 있는 어려움과 힘듦을 내다보기만 해도 숨이 막히는 날, 길을 걷다가 끝내 시들어 버린 다른 이들의 무수한 선례들이 내 앞날 같기도 한 날.

그런 날들이 우리를 힘들게 하겠지만, 가끔 길에서 벗어나고 자주 멈춰 서면서, 더디게 나아갔으면 좋겠다.

나의 초라한 현실에도 내색하지 않고 멋지다 말씀해주시는 가족들 응원에, 밤낮없던 걱정 눌러놓고 오롯이 건네주신 믿음에, 갈증과 허기가 사라진다. 모두 각자의 때가 있다는 말을 믿고, 늦은 꿈을 부끄럽지 않게 잘 키워 갈 것이다.

언젠가 세월이 많이 흘러서 어딘가의 목적지에 닿는 날, 가장 먼저 가족들 생각이 많이 날 것 같다.

당신의 사랑이 궁금한 가을날에,

정서영